「好きです、銀耀様。好き。大好き……」
　言えば言うほど足りない気がした。心臓は痛いくらい脈打ち、瞳がじんわりと熱く潤む。
　全部、全部恋のせいだ。なにも知らない思羽に銀耀が教えてくれた、光り輝く宝珠のような感情だった。
「──私もだ、思羽」

寵愛の花は後宮で甘く香る

市川紗弓

23616

角川ルビー文庫

目次

口絵・本文イラスト／みずかねりょう

序章

思羽は物心ついたときから、人より鼻の利く子供だった。

他人の嘘や隠し事を見抜くことが、どういうわけか妙に得意だったのである。

類い稀なる〈嗅覚〉が天与の異能だと、最初に気づいたのは母親だった。

この力は息子の人生を、ひどく困難なものにする——母は早くからそう察していたのだろう。

当時まだ五つだった思羽に、かしこまった顔で警告を与えた。

『いいですか、思羽。これから先、あなたの力を利用したがる人がたくさん現れるでしょう。ですが、あなたはそういう人たちの甘言につられてはいけませんよ』

『かん……げん？』

『あなたの気を引くような、口先だけの調子のよい言葉です』

世間には思羽の力を使ってお金を儲けようとする人や、他人を陥れようとする人が存在するのだということを、母は噛み砕いて説明してくれた。

『あなたの力は誰かの役に立つこともあれば、人を傷つけてしまうこともあるかもしれません。そうなればあなた自身もきっと、つらい思いをするでしょう』

感謝されるだけでなく、疎まれることもある。そう考えると自分の力がひどく悲しく、同時に恐ろしいものに思えた。

『わたしはどうすればよいのですか、ははうえ？』

『ひとりでも生きられるよう、強くなるしかありません』

他人の助力を当てにしてはいけないと、母は思羽に教え諭した。そうすれば甘い言葉に唆されることも、弱みにつけ込まれることも、不用意に人を傷つけることもなくなるのだと。

『わたしひとりで……』

母の言っていることは正しいのだろう。母はいつも思羽にいろいろなこと——庭に咲く花の名前から美しい詩歌まで、なんでも教えてくれる。間違っていたことは一度もない。

でも、それはつまり……

——わたしはこのさきずっと、ひとりぼっちなのですか？

喉元まで出かかった問いを、思羽はぐっと堪えて呑み込んだ。母は思羽に強くあれと望んでいる。誰かに頼ったり甘えたりせず、たったひとりで生き抜けるようにと。

『わかりました、ははうえ。わたしはひとりでもへいきです』

『……、思羽……』

母もまたなにか言葉を呑み込んで、それから思羽を優しく抱き寄せた。

『——大丈夫。あなたが強く、大きくなるまで、母はそばにいますよ』

『……ほんとうですか？』

『ええ、必ず』

『やくそくですよ、ははうえ』

甘えてはいけないと言われたばかりなのに、不安の霧が晴れた嬉しさでぎゅっと抱きついた。

柔らかな胸に顔を埋めると、ふと、花の香りが鼻をくすぐる。満開の桜を思わせる華やかな香気に、わずかだが別の匂いが混じっていた。

どこか寂しくなるような匂いに、気づかないふりをして目を閉じる。いまだけはこの嗅覚のことを忘れて、母との穏やかな時間に浸っていたかった。

一日でも長く母といられますように。ひとりぼっちになる日が、ずっと先でありますように。口には出さず、心の中でそっと願う。

……けれど、そんなことは到底許されない望みだったのだろう。

運命は思羽の甘さを見抜いた。まるで罰を与えるかのように、母との暮らしは唐突に終わる。思羽が母と引き離されたのは、七つになった年のことだった。

思羽は養父母の楚夫妻に連れられ、その日はじめて王宮の入り口に立った。

高く澄んだ秋空を背に威容を誇る正門の上には、五色の吉祥文様が描かれた二階建ての門楼が置かれている。十歳の思羽がこれまで見たどんな建物よりも大きく、扁額を仰ぎ見るだけで首が痛くなるほどだった。

「ああー……ゴホン」

宮門の左右に座す石獣と同じくらい厳つい顔の守門兵が、大きな咳払いで思羽の注意を引き戻す。あわてて姿勢を正すと、兵士は養父と思羽の顔を交互に見比べた。

「これが例の子供か。そなたとちっとも似ていないが、本当に息子か？」

「養子なんだよ。いいから早く通してくれ、王様から直々にお召しがあったんだぞ」

いわゆる高官と呼ばれる地位にある養父が、露骨に鬱陶しそうな顔で守門兵を急かす。だが兵士のほうは一切動じることなく、思羽の頭のてっぺんから爪先までじっくりと検分した。

たとえ相手が高官の息子だろうと、門を通すか通さないかは自分が決める――そんな責任感を帯びた視線に晒された途端、ピリッ、と唐辛子のような香りが鼻腔を刺激した。

「……っ、しゅん」

小さなくしゃみが出てしまい、養父が「おっ、おい。大丈夫か」と血相を変える。

「ほらみろ。こんな風の冷たい日に長時間立たせて、風邪でも引いたらどうしてくれる」

「や、やめてください。わたしは平気です、養父上」

ただ鼻がかゆくなっただけですからと説明し、守門兵に食ってかかろうとする養父を急いで止めた。この人が「正門を守る」という職務を果たそうとしているのは、香りからも明らかだ。不当な言いがかりで迷惑をかけたくない。

ほどなくして案内役の文官が到着し、王宮内に立ち入る許可が下りると、思羽はほっと胸を撫で下ろした。

第二、第三の門を潜ると、石畳が敷きつめられた広大な庭に出る。正殿の前庭に当たるその空間には、無数の石碑が整然と並んでいた。石碑には官僚の等級を示す文字が刻まれており、儀式になると文武百官がそれぞれの位置で整列するのだという。

養父から折に触れて話を聞いていたこともあり、王宮について多少は知ったつもりになっていた。けれどいざ自分の目で見てみると想像の何倍も広く、殿舎はどれも立派で美しい。物見遊山に来たわけではないのに、別世界のような景色につい目を奪われてしまう。

壮大な王宮は、この滋羅国——古くからさまざまな生薬の加工を行い、その交易と発達した医術で財を成す国である——において、王の威信と国庫の豊かさを示していた。

現王である真成王は、半島に存在する三国の中でも指導的な立場にあり、国内外から尊敬を集める人物である。

これからその王様にお目にかかるなんて、ここまで来てもやはりまだ信じられない。

文官の案内に従い、王の補佐をする官庁が集まるという区画に入ると、官服姿の人々が大小の殿舎の間を足早に行き交っていた。武官が絶えず見回りを行っている粛然とした雰囲気の中、殿舎を囲むようにして植えられた赤紙垂や合歓木、錦木などさまざまな樹木の緑だけが、思羽の心を落ち着かせてくれる。

「こちらが本日の謁見場所、憐香廟でございます」

新葉が赤く色づく赤芽柳の小径の先。ほかと比べるとややこぢんまりとした殿舎が、人目を避けるようにひっそりと建っていた。

養父が殿舎の扁額をしげしげと眺める。「噂には聞いていたが、来るのははじめてだ」

「いまではわざわざ足を運ばれる方のほうが少ないでしょうね。前の香嬪様がお隠れになってからも百年以上経ちますし、伝説を信じている者もどれほどいるか……」

文官の言う伝説というのは『天香嬪伝』のことだろう。絵入り草紙や演劇の題材としても扱われており、老若男女に広く知られている。天与の不思議な力——人の本性を香りで見抜く、〈読香〉の能力を持った美しい娘・紫春鈴が、王を助けて国を繁栄に導くという言い伝えだ。

善良な人物からはよい香りを、邪な人物からは悪臭を感じ取る。そんな神仙のような異能を持った紫春鈴は王に見初められ、滋羅国の初代〈香嬪〉となった。

血筋によって受け継がれる力ではない。だがその後もおよそ百年に一度の頻度で同じ能力者が生まれ、いずれも香嬪として王に仕えて生涯を終えている。この憐香廟には歴代香嬪である彼女たちの魂が祀られているのだ。

文官がちら、と思羽を見る。まさかこんな男児が……と半信半疑の視線を向けられ、反応に困って睫毛を伏せた。信用されないのも無理はない。しかし思羽が王宮に招かれたのは、王に〈読香〉の力を所望されたからなのだ。

霊廟内は静寂に包まれていた。〈鑑定〉の妨げになるからという理由で、ここでお香を焚くことは禁じられているという。その代わりに祭壇や格天井に描かれた色彩豊かな花々が、彼女たちの魂を慰めているように見えた。

祭壇には歴代香嬪の位牌が祀られている。思羽も名前を聞いたことのある人物ばかりだが、最も有名であろう初代香嬪の位牌だけが見当たらない。その理由は――……。

「――思羽」

養母に着物の袖をついと引かれ、入り口を振り返る。文官が頭を深く下げたのに倣い、思羽も養父母とともにあわてて礼をとった。

複数の足音と気配が、霊廟内の静けさを乱す。

「王様のお成りにございます」

側近と思しき内官のひと声で、場の空気がピシッと引き締まった。いよいよ高まる緊張で、激しく脈打つ胸が痛い。

「面を上げよ」

威厳に満ちた声に促されて頭を上げると、煌びやかな王族の面々が目に飛び込んでくる。

――王様と王妃様。王子様のお二人もいらっしゃる……。

当然ながら初対面ではあるが、姿絵でそのお顔立ちは知っていた。金糸の龍紋刺繍を施した真紅の長衣に身を包み、祭壇を背にして立つのは間違いなく滋羅国の君主、真成王である。

「そなたの名は？」

「楚思羽と申します、王様」

「話には聞いていたが……ほんの子供なのだな」

王は養父を疑わしげに見遣り、「ちゃんと鑑定できるのか？」と尋ねる。

「お疑いはごもっとも。ですが、思羽は六歳のときから鑑定を行ってまいりました」

養父は恭順な姿勢を示しながらも、思羽の実績をきっちりと強調した。

従順な使用人が「分不相応な野心」や「危険な反抗心」を持っていないか。おとなしそうな結婚相手が「金目当て」ではないか。そんな警戒心を持った依頼人たちの要望に応え、腹黒い人物の本性を次々に暴き立てたのだと、実例を交えて誇らしげに語る。

しかし養父が胸を張れば張るほど、思羽はいたたまれない気持ちになった。思羽が鑑定したことによって、人生が変わってしまった人が大勢いるのだ。

「現在に至るまで依頼人は引きも切りません。息子の力が真であることの証と言えましょう」

「ふむ……」

養父が熱弁を振るった甲斐あってか、思羽を見る王の目も幾分変わったようだった。

「思羽よ。余がそなたを呼んだ理由を存じておるか？」

「はい。王子様がたの鑑定をご所望だと伺っております」

二人の王子たちは王妃とともに、祭壇から一歩下がって控えていた。ひとりは王妃の息子で、十七歳の瓊樹王太子。もうひとりは瓊樹の異母弟で、十四歳の銀耀王子である。

王の鑑定の目的は二つあるのだと、思羽は養父から事前に聞かされていた。

ひとつは、瓊樹が「血筋だけではなく心延えもよく、王太子にふさわしい人物」なのだと、神秘の力で証明されたという事実を作るため。もうひとつは、その素行の悪さで「王室の問題児」として知られている銀耀の、人となりを見定めるためだという。

王は重々しく口を開いた。

「そなたの鑑定は、この国の将来を左右しうるものだ。万が一誤れば、罰を受けることも覚悟せねばならぬ。わかっておろうな？」

「は、はい……」

鑑定の場数はこなしていても、やはり王命は途轍もなく重かった。しっかり答えなければと力むほど、声も身体も震えてしまう。

「――父上、そんなに脅してはいけませんよ。萎縮して鑑定に失敗してしまったら、それこそ問題ではありませんか」

思羽をかばってくれたのは、年長の瓊樹王太子だった。王妃譲りの明るい髪色に、三日月眉と長い睫毛が印象的な面立ちで、笑うと白い歯がこぼれる。

「ご心配なさらずとも、この子なら大丈夫でしょう。さっきから立ち居振る舞いも話し方も、十歳とは思えぬほど立派ではありませんか」

ご両親のご教育も素晴らしいのでしょうね、と瓊樹が養父母に微笑みかける。二人とも、

「もったいないお言葉にございます」と応じながらも、嬉しくてたまらないのだろう。養父の鷲鼻は興奮でひくひくと動き、養母の口元はいまにも歓喜の歌を歌いだしそうに緩んでいた。

実際思羽が大人びて見えるのは、彼らの指導の賜物であるのは間違いない。すべては鑑定の信頼度と、思羽の神々しさを保つためである。

鑑定の結果どんなことが起きようとも、思羽は常に冷静でいるよう強いられてきた。本性を暴かれたことで仕事を失った客に怒鳴り込まれようと、縁談が壊れた客に頭から水をかけられようと、泣いたり謝ったりすることは決して許されなかったのだ。

「……ふん。くだらない」

不意に、たったひと言。声変わりしたての尖った声が、会話に水をさした。

思羽の存在など歯牙にもかけない素振りで吐き捨てたのは、瓊樹の隣でそっぽを向いている銀耀王子である。

兄王子と対照的な、漆黒の髪と瞳。切れ上がった眦に高い鼻梁と、顎から耳にかけてきりりと引かれた輪郭線が作る横顔は美しいが、苛立ちを隠そうともしない態度が近寄りがたい棘を纏わせていた。

――こんな場に連れ出されて、ご不快なんだろうな……。

養父曰く、銀耀は学問にも鍛練にも不真面目なうえ、たびたび王宮を抜け出して遊び歩いているらしい。内官や教育係に諫められても一向に効き目がなく、業を煮やした王が今回の鑑定に踏み切ったのだという。

気の毒なお方だ、と思羽は思った。父親から「おまえを信用できない」と言われたも同然の仕打ちに、傷つかないわけがない。

だが王はそんな息子の心情など、まったく顧みてはいないようだった。「口を慎め、銀耀」と頭ごなしに咎める。

「そなたの行状は近頃とみに目に余る。性根まで腐っておらぬか確かめてやろうという、余の情けがわからぬか？　このままではそなたは、王家の恥だ」

「…………ッ」

ぎりっと歯噛みする音が聞こえた気がした。父王を睨む銀耀の目が、隠せない悔しさで刀刃のように光る。

けれど――それだけだった。銀耀はひと言も言い返さず、不服そうな顔のまま前を向く。なにもかも気に食わない、納得がいかない、しかし口答えは許されない……そんなやり場のない反発心を宿した眼差しは、いっそう鋭さを増したように見えた。

「――思羽よ」

王は短い嘆息ののち、思羽に視線を戻した。

「そなたの力で我が息子らを鑑定せよ。感じたことをありのまま、すべて申せ」

「はい。かしこまりました」

いよいよだ、と思羽は気を引き締めた。

王の指示を受け、瓊樹が前に出る。背筋を伸ばしたその姿には、若々しい覇気が満ちていた。

品行方正、明朗快活。将来は聖君間違いなし――そう誰もが口を揃えて褒めそやす王太子に向き合い、思羽は集中するために大きく深呼吸をした。

鑑定相手に先入観を抱いてはならない。雑念が湧けば嗅覚が鈍り、鑑定を誤る。

瞼を閉じてゆっくり三つ数えてから、思羽はふたたび瓊樹の顔を見た。鳶色の明眸が瞬き、互いの視線が絡む。

途端、薬臭に似た匂いがつんと鼻をついた。

「……痛っ！」

鼻腔に突き刺さるような匂いが、嗅覚よりも先に痛覚を刺激してくる。あまりの痛さに我慢できず、思羽は無礼を承知で鼻を押さえた。

こんなにも人を痛めつける香りは嗅いだことがない。痛みは鼻から目へと抜けていき、涙がとめどなく流れてくる。

「ど、どうしたんだ、思羽」

「なにやってるの、しっかりなさい！」

養父母の焦った声がする。早く取り繕わなければ、と思羽も涙を拭う。けれど痛みで頭までくらくらしてきてしまい、どうしようもなかった。この世には人を気絶させる嗅ぎ薬があるというが、まさにこんな匂いなのではないだろうか。

香りを読むと書いて〈読香〉。感知した香りを分析し、心根を見極めるのが鑑定だ。失神しかねないほど鋭い薬臭から考えるに、瓊樹がなんらかの問題を抱えているのは明白だった。

──どうしよう……なにか、なにか言わないと……。

『いいか思羽。王様はこの鑑定で、瓊樹様に箔をつけたいとお望みなのだ』

数日前に聞かされた養父の言葉が蘇る。異臭を感じても絶対に態度に出してはいけない、「咲き誇る大輪の花の香りがいたします」とだけ言えと、きつく命じられていたというのに。

泣きながら苦しむ思羽を見て、王は、王妃は、瓊樹本人はどう思うだろう──。

「これは……困ったね」

不意に、場違いなほど気の抜けた声がした。瓊樹だ。表情を凍りつかせた王の隣で、思羽を見てふっと微笑む。

「あ、あの……」

「大丈夫。叱らないから、安心して」

言って、瓊樹は器用に片目を閉じた。茶目っ気さえ滲ませた反応に驚き、つかの間だが鼻の痛みも紛れる。

「なっ、なんと寛大なお方でしょう！」

養母が感極まった声で叫んだ。

それに遅れること数拍、養父もあわてて平伏する。

「息子の失態をお許しください。重責に耐えきれず泣きだすとは、なんと情けないことか」

「気にしていませんよ。きっと緊張したのでしょう。怖がらせてしまって申し訳ない」

瓊樹は思羽の非礼を責めず、謝罪の言葉まで口にした。けれど、「さあ涙を拭いて」と肩に触れられた瞬間、またしても強烈な薬臭が鼻をつく。

——あ……痛い……っ！

いけない、と思うよりも早く身体が動いていた。瓊樹の手を——思羽を気遣ってくれた手を、思いきり払いのけてしまったのだ。

「や、やめてください……さわらない、で……！」

「貴様——この無礼者！」

思羽に叱責を浴びせたのは、王の側近だった。瓊樹から思羽を乱暴に引き離し、大きく手を振りかぶる。

——……打たれる！

思羽は恐怖でぎゅっと目を瞑り、殴打の衝撃に備えて身を竦めた。しかしいつまで経っても、打たれる気配はない。

おそるおそる瞼を開けると、誰かが側近の手を止めていた。

「罪もない子供を打とうとは、正気か？　おまえ」

冷たく言い放った声の主を見て、思羽は自分の目を疑ってしまった。

側近の手を摑んでいたのは、白刃のごとき眼差しの弟王子——さっきまで不機嫌そうな顔で立っていた、銀耀だったのだ。

「で、ですが……」

王太子への不敬は罪に値する、と側近は言おうとしたのだろう。だが銀耀の有無を言わせぬ視線に折れ、「失礼いたしました」と引き下がる。

「大丈夫か」

「あ……、は、はい……」

銀耀がその場に膝をつき、思羽の顔を覗き込んだ。

「気をつけたほうがいい。馬鹿正直に『感じたことをありのまま』言ったら、なにをされるかわかったものじゃない」

「…………」

息子にやり返された王が、ばつが悪そうな顔になる。思羽も「わかりました」とうなずいていいものかどうか迷い――ふと、あることに気がついた。

さっきまで漂っていた薬臭が、きれいさっぱり消えているのだ。

「銀耀王子様……」

呼びかけると、黒い双眸が思羽を捉えた。鋭い眼光に怯んだのは一瞬のことで、すぐにその目が驚くほど澄んでいると気づく。

刹那、甘く爽やかな花の香りが、思羽の鼻をくすぐった。

「……忍冬……」

脳裏に浮かんできたのは、凛とした純白の花だった。厳しい冬であっても葉の青さを保ち、初夏になれば里山の緑に明るく映える花だ。

美しくもたくましい忍冬。その芳香の出所は間違いなく、目の前にいる銀耀その人だった。

「……いま、なんと申した」

　王に問いかけられた思羽は、姿勢を正して覚悟を決めた。

　感じたことをありのまま言えば、なにをされるかわからない——銀耀はそう警告してくれたが、やはり誤魔化すことはできなかった。

　読香は天与の力だが、思羽はただの人間だ。人が人の心根を読もうというのだから、せめて誠実な態度でいなければとても許されないと思った。

「王様に申し上げます。たったいま銀耀王子様から、忍冬の花の香りを感じました」

「忍冬の花とは……つまり、どういうことだ？」

「忍冬は冬を越えて咲く花にございます。どんな苦難にも打ち克つ強さと、清らかな美しさを兼ね備えた花……それこそが銀耀王子様の本質と言えましょう」

「……銀耀が？」

　まさか、到底信じられぬと言いたげな声だった。思羽と銀耀の顔を交互に見る王の目には、疑いの色がありありと表れている。

　真に受けていないのは王だけではない。銀耀本人でさえ、明らかに困惑していた。

「私が……？」

　本気で言っているのかと、吃驚で見開かれた目が問う。

　白銀のように光る眼差しに貫かれても、思羽はもう怖いとは思わなかった。こうしている間にも、清涼な花の香りが漂ってくる。

「銀耀王子様。あなたさまは将来、聖君になるお方です」

「――ッ……」

銀耀はとうとう絶句してしまった。ほかに口を開く者もいない。沈黙が深まるほどに疑念の空気が色濃く凝り、それがもどかしくて仕方なかった。

素行や態度が悪いのも、きっとなにか理由がある。芯からひねくれてしまった人が、こんな香りを放つわけがない。

「王様……皆様、どうか信じてくださ い……!」

強い使命感に突き動かされ、拙いながらも言葉を尽くす。けれど思羽が力説すればするほど、なぜか皆の心は離れてゆくようだった。

思羽に求められていたのは「正しさ」でも「誠実さ」でもない――そう気づいたのは帰宅後、養父に激しい折檻を受けてからのことだった。

二章

日の出直後の、薄暗い空の下。肌を切るように冷たい早春の空気が、わずかに居残る眠気を払っていった。

思羽の一日はまず水汲みから始まる。裏庭の井戸から厨まで重たい桶を抱え、水甕を満たすまで何度も往復するのだ。それが終われば炊事や洗濯のような水仕事に、庭の手入れや薪割りといった力仕事に加え、使い走りなどの細々とした雑用が待っている。

二十歳になった思羽はもはや、楚家で珍重される存在ではなかった。それどころか家族から疫病神の誹りを受け、朝な夕な追い使われる下男だ。

原因は十年前に王宮で行った鑑定である。思羽が王太子の瓊樹が放った異臭にあてられ、弟王子の銀耀が「聖君になる」と言ったことで、王室の不興を買ってしまったのだ。

思羽は「能力者を騙った子供」として世間に触れ回られ、養父は閑職に追いやられて出世は絶望的となった。楚家の娘たちの縁談もことごとく流れ、いまだに婿取りが叶わない。怒りの矛先が思羽に向かうのは、当然の話だった。

もともと異能を買われて養子となった身だ。いつ追い出されてもおかしくない、むしろそのほうがいいとさえ思っていた。どうにかして都を離れ、好奇の目から逃れたいと。

だが、養父母は思羽が屋敷を出てゆくことを決して許さなかった。親としての情けではない。これまでさんざんいい暮らしをさせてやったのだから、これからは自分たちに尽くすのが筋だと主張したのだ。

——母上がいまのわたしをご覧になったら、どんなにがっかりなさるだろう……。

大人になってもまだ、自立できていない。そんな自分の不甲斐なさを思うと、それだけで胸が深く沈み込んだ。

街中で忍冬の香りを感じると、いまもつい足を止めてしまう。甘く瑞々しい香りは、当時の記憶を鮮明に呼び起こした。

鑑定で真実を告げたことに後悔はない。けれど五年前、流行病による真成王の崩御を受けて瓊樹が即位したときは、自分の存在がひどく無意味に思えて仕方なかった。

こんな能力さえなければ。……生まれてこなければ、苦しむこともなかった。心に日射しの入らぬ朝を、何度迎えたことだろう。

季節は巡り、花は咲く。忍冬は冬を耐え、夏の初めに花開く。

だが、あの日香った銀耀王子の忍冬はもう、二度と咲かない——。

「……しっかり、しないと」

新鮮な水で満たされた甕を覗き込み、暗い水面に揺れる己の顔に活を入れる。面やつれしてはいるが、目元だけは母によく似ていた。無理にも笑顔を作り、強くあろうと心に誓う。

今日は特に忙しい日になる予定だった。久しぶりに義姉に縁談が持ち上がっており、お相手とその家族を迎えて酒宴を開くのだ。

「客間の掃除を先にして……昼餉の支度と一緒に料理の仕込みを……あれっ、お酒」

一日の段取りを組み立てている途中、厨の酒が足りないことに気がついた。やっと婿取りが叶う嬉しさからか、昨夜の養父はずいぶんと深酒をしたらしい。

楚家には出入りの酒屋がいるが、今朝はまだ顔を見ていなかった。これなら直接店に行ったほうが早そうだと、母屋に声をかけてから表へ出る。

商店の集まる市場は、いつになく騒がしかった。普段は無口で有名な荒物屋の店主も、今日は常連客と興奮気味に話し込んでいる。

市場の中心には人だかりができていた。どうやら王宮からの御触書が貼られたらしい。

御触書にあまりよい思い出はないが——思羽が「能力者を騙った子供」として、名前を貼り出されたのもこの場所だ——、さすがに今回は自分のことではないだろう。

人々につられて御触書に近づき、報せを見た思羽は目を疑った。

「王様が……亡くなった……？」

そこには御年二十七歳の若き瓊樹王の崩御と、新王の即位を伝える文面が記されていた。

死因は書かれていない。壮健なお方だと聞いていたが、人知れず闘病していたのだろうか。もしくは不幸な事故に遭われたのか……いずれにせよあまりにも早すぎる死だった。

去年は王妃が病で亡くなっている。それからまだ、半年ほどしか経っていない。

国王夫妻を失った滋羅国の行く末はどうなってしまうのかと、常は世間に目を向ける余裕のない思羽でさえもさすがに不安が募る。

「——政変だってな」

「ああ。きな臭い噂が流れてはいたが、まさかこんなに早いとはなぁ」

呆然とする思羽の耳に入ってきたのは、小役人風の男たちの立ち話だった。

「新しい王様は当然、弟君様というわけか」

「お若いころはやんちゃであられたが、だいぶお変わりになったらしいな。近年では兄王様のやり方に異を唱えることもあったとか……」

思羽ははしたないと思いながらも、彼らの会話に耳をそばだててしまった。

瓊樹王と王弟の銀耀がこの数年間対立関係にあり、宮中の勢力を二分していたことは、多少なりとも事情を知る者の間では既知の事実だったらしい。

ふと気になって周囲を見回してみると、王の急死だというのにもかかわらず、嘆き悲しんでいる人は見当たらなかった。かつては民の期待を一身に背負っていたはずなのに、いつの間に人心が離れてしまったのだろうか。

――全然わからない。わかるわけがない……。

この十年、使い走り以外の外出など滅多になかった思羽には、見当もつかなかった。他人と話す機会も限られていたせいで、世情に疎くなっているのは否めない。

ぼんやりした頭のまま、思羽はその場を離れた。瓊樹が亡くなったことも、銀耀が即位したことも、まったく実感が湧かない。

酒屋での注文を済ませて屋敷に戻ると、養父が内門の前で待ち構えていた。

「思羽！　こんな大事な日にどこへ行っていたんだ」

「申し訳ありません、養父上。今晩のお酒を頼みに……」

「あぁ、酒なんてどうでもいい！　早く支度をしろ」

来客は夕方だというのに、養父はやけに急かしてきた。おまけに「さっさと着替えろ」と訳のわからぬことを言う。なぜ宴の支度に着替えが必要なのかと尋ねると、養父は苛立たしげに舌打ちをした。

「私は王宮へ行く支度をせよと言っておるのだ！　おまえも外に出たなら話は聞いただろう？十年前におまえが『聖君になる』と言った、あの銀耀王子が即位なさったんだぞ！」

「は、はい……確かに先ほどお触れを読みましたが……なぜわたしが王宮へ行くのです？」

「もちろん、褒美をいただくためだ。それ以外になにがある？」

「ほ……褒美？」

「あなた。思羽の能力が『本物だった』という証言も、忘れずにしていただかないと」

色めきたった様子で会話に入ってきたのは、すでに外出用の着付けを終えた養母だった。

「おぉ、そうだな。これでまた鑑定が再開できる」

「当然、あなたの出世の道も開けるでしょうね。これまで不利益を被ってきたぶん、しっかり取り返さなければ」

「まったくもってその通りだ」

ようやく不遇の時代が終わるぞと喜びあう夫婦を前に、思羽はただぽかんとするしかなかった。褒美をもらおうだなんて、思いつきもしなかったのだ。

「わかったらさっさと着替えぬか。そんな薄汚い格好で新王に拝謁するわけにはいかん」

「お待ちください、養父上。わたしは王宮へ行くつもりはありません」

「……なに？」

　思羽がきっぱり断ると、養父の眉間に皺が寄った。

「このたびのご即位は、政変によるものだと耳に挟みました。わたしの鑑定とはなんの関係もないでしょう。訪ねていったところで、ご迷惑でしかありません」

　鑑定からは十年もの歳月が流れている。自分が影響を及ぼしたなんて、口が裂けても言う気にはなれなかった。

　だが養父は思羽と真逆の考えのようで、「迷惑をかけられたのはこちらだ」と息巻く。

「我らを騙り者呼ばわりし、王太子の即位を強行した結果が政変とは、呆れて物も言えぬわ。どうせろくでもない問題を起こして、王座を奪われたに決まっておる」

「ですがそれは……憶測にすぎません」

「なっ――」

　幼いながらも信念に則り鑑定したのだから、騙り者扱いされたことは純粋に悲しい。けれど、王を決めるのは王室だ。瓊樹王が失脚した理由はわからないし、銀耀が即位したことも思羽の手柄ではない。

「ただでさえ代替わりの直後で、宮中は混乱の最中にあるでしょう。新王様を煩わせるような真似をすれば、それこそご不興を買ってしまいます。どうかお考え直しを」

「ええいうるさい！　口答えは許さぬ」

痺れを切らした養父が、思羽の腕をむんずと摑んだ。とにかく王宮へ連れて行くのが先だと割り切ったのだろう。有無を言わせぬ力で思羽をぐいぐいと引っ張る。

「養父上……放してください！」

「黙れ！　なんのためにおまえを引き取ったのか、それがわからぬほど馬鹿ではなかろう！」

「っ、痛っ」

ひときわ強い力で腕を引かれ、思羽は痛みでたたらを踏んだ。均衡を崩した身体が傾いで、頭から思いきりつんのめる。

「あ……っ」

巻き添えを恐れた養父が手を放すが、もう遅い。転ぶ、と覚悟して目を瞑り――だが、予測した衝撃はこなかった。思羽を受け止めたのは、地面ではなく人だ。

「――怪我はないか？」

「は……はい。ありがとうございます……」

支えてくれたのは、思羽よりも頭ひとつぶんほど背の高い、若い男性だった。

金銀の花紋が織り出された漆黒の長衣に、金糸の総刺繡が施された華やかな真紅の帯。結い上げた黒髪には玉をあしらった冠が飾られており、高貴な身分であることは容易に察しがつく。しかも護衛と思しき兵士を、五、六人ほど引き連れていた。

刀のように研ぎ澄まされた美貌に、見覚えはない。だが男は思羽を見て「久しぶりだな」と涼しい目元を和らげた。

「あ、あの……申し訳ありません、どこかでお会いしたことが……？」

「十年前に王宮で。私はまだ、十四歳だったが」

十年前、王宮、十四歳——その言葉を頼りに、ひとつずつ記憶をたどる。呼び出された面影に眼前の青年が重なると、思羽は思わず息を呑んだ。

——まさか、そんな……。

信じがたい思いで、青年を凝視する。けれど思羽を見つめ返す瞳には、あの日と同じ白銀の光が宿っていた。

「銀耀王子様……」

己の呟きにはっとする。つまりこのお方は——、

「新しい王様……!?」

いかにも、とうなずくのを見るが早いか、思羽も養父もあわてて地面にひれ伏した。立ち話感覚で接してよい相手ではない。

だが新王銀耀は「せっかく助けたのにわざわざ転ばずともよい」と苦笑いすると、土で衣が汚れるのも構わず膝をつき、思羽だけを立ち上がらせた。

「……ずいぶん痩せているな」

思羽の手を見た銀耀が、怪訝そうに眉を寄せる。

「顔色もあまりよくない。きちんと食べているのか？」

「えっと……あの……」

予期せぬ再会への戸惑いで返答に窮すると、伏したままだった養父が「恐れながら」と口を開いた。

「みすぼらしい姿をお目にかけてしまいましたこと、どうかご容赦ください。いましがた銀耀王様のご即位という快報に接し、『これは早々にお祝いを申し上げねば』と、取るものも取りあえず屋敷を飛び出した次第にございますれば」

「祝い？」

「はい。私も妻も十年前のあの日から息子の言葉を信じ、今日という日が来るのを待ち望んでおりました。それがようやく……」

「ふん。しらじらしい」

感涙にむせぶ養父の言葉を、銀耀は一刀両断した。

「おまえたちが思羽にした仕打ちは聞き及んでいる。いや……報告から想像していた状況より、ずっとひどかったといまわかった」

「は……？」

「こんなに痩せて、手も荒れて……着物は丈が合っていないし、すり切れているではないか。本当に息子を信じていたなら、こんなむごい扱いはできまい」

「ごっ、誤解でございます。そのようなことは断じて……」

「私の目が節穴だと申すか」

「ひっ……いえ、そうではなく……」

しどろもどろの養父を冷たく睨めつけ、銀耀は「もうよい」と続く言い訳を遮った。

「大切な恩人をこんな場所に置いてはおけぬ。――思羽は王宮へ連れてゆくぞ」

「「えっ……？」」

養父と思羽の声が期せずして重なったが、「どういうことでしょう」と尋ねる暇はなかった。銀耀が連れてきていた兵士たちに囲まれ、追い立てられるようにして屋敷の外に出る。用意されていた立派な輿に半ば押し込まれるような形で乗り込んでも、まだ状況を呑み込むには至らなかった。

なぜ即位したばかりの王が、一貴族の屋敷を訪れたのか。十年前の鑑定と関係があるにしろ、思羽が連れ出される理由がわからない。

ぐるぐると考えながら輿に揺られていたら、王宮へ着くころにはすっかり車酔いしていた。


真っ白な顔で到着した思羽を見た王宮女官たちは、手慣れた様子で休める場所と水を用意し、こちらが恐縮してしまうほど丁寧に介抱してくれた。

「――お加減はいかがですか？　おつらいようでしたら、医官をお呼びいたしますが」

「い、いえ……それには及びません。お水をいただいて楽になりました」

「それはようございました。乗り慣れていないと酔いますものね」

人心地ついてようやく周りを見る余裕が出る。典雅な内装や調度品からして、ここは王宮を訪れた客人のための控えの間のようだった。

「では恐れ入りますが、謁見の前にお召し替えをお願いいたします」

「は……はい」

結構です、と断れる雰囲気ではなかった。やはり粗末な格好で宮中をうろつかれては、彼女たちも困るのだろう。あらためて王に拝謁するなら、思羽としても最低限の身なりは整えたい。

だが女官の言う「お召し替え」は、想像以上に大がかりなものだった。なにしろぬるま湯を張った盥で、髪を洗うところから始まったのだ。

されるがままに眉を整えられ、爪を磨かれてようやく着替えの段になるも、今度は衣選びで女官たちが悩み始めた。「体格的にはこちらがお似合いね」、「顔映りはあちらのほうがいいわ」などと意見が割れ、なかなか決まらない。

白熱した議論の末に選ばれた衣を身につけて鏡を見ると、見た目だけは貴族の子弟になっていた。ただまとめていただけの髪も、品のいい形に結い直されている。

「お似合いですわ、思羽様」

「やはり白菫の長衣で正解でしたね。優雅な雰囲気にぴったり」

「……恐れ入ります……」

女官のお世辞に応える声が、気恥ずかしさで細くなる。大人になってからというもの、華美な装いには縁遠くなっていたせいだろう。いまの思羽は完全に衣装に着られていた。

みっともないし、自分が情けない。銀耀に即位の祝いを述べたら、すぐ屋敷に帰ろうと心に決めた。

支度を終えて連れて行かれたのは、臨政殿――王が日常的な執務を行う殿舎の一室だった。黒檀の文机の前に座った銀耀は、重臣と思しき文官たちと話し込んでいる。

「ああ、来たか。思ったより時間がかかっ――……」

銀耀は思羽の姿を認めるなり、言葉を失い固まった。その目にはっきりと驚愕の色が浮かぶのを見て、思羽は言われるがまま着替えたことを悔やむ。

「――……」

いっそ「不格好だな」と笑ってくれればいいのに、銀耀はただ思羽を凝視するだけでなにも言わなかった。いたたまれなくなり、とうとう自分から頭を下げる。

「お見苦しい姿をお見せして、申し訳ございません」

「……は？　お見苦しいって、誰がだ」

「わたしです」

分不相応な衣を着て、王の執務の場に現れるなど、我ながらよくできたものだ。輿で酔ったせいで、頭が回っていなかったに違いない。

「大変失礼いたしました。もう一度、着替えてまいります」

「待て。私の目は汚れても曇ってもおらん。おまえの変身ぶりに驚いただけだ。清楚な色合いが、とてもよく似合っている」

「えっ……」

　予想だにしなかった褒(ほ)め言葉に、今度は思羽が絶句する番だった。けれど銀耀の表情は真剣(しんけん)そのもので、からかわれているようにも思えない。

「きれいな顔立ちの子供だったと記憶していたが、これほどとは。女官たちの着せ替え人形にされたのではないか？」

「いえ、そんなことは……」

　容姿のことを言われるのは面映(おもは)ゆかった。青白い女顔と揶揄(やゆ)されることのほうが多く、実際男としての精悍(せいかん)さは欠片(かけら)もない。

　だいたいきれいな顔立ちというのは、銀耀のような人のことを言うのだ。高貴な血筋を感じさせる美しい肌(はだ)も、清涼(せいりょう)な眼差(まなざ)しも、はっと人目を惹(ひ)きつける力を持っている。

　顔を伏せて言葉に詰(つ)まる思羽を見て、銀耀は「まあ、よい」とその話題を切り上げた。

「ひとまずこのたびの政変について説明したい。我が父……真成王が命じた鑑定が原因で長年虐(しいた)げられてきたおまえには、知る権利がある」

　王の言葉を受けた文官たちが、思羽を御前(ごぜん)に進むように促(うなが)した。思羽は文机の正面に座し、心して銀耀の言葉を待つ。

「最初にひとつ訊(き)きたい。十年前、おまえは兄から異臭(いしゅう)を感じて苦しんでいたが、具体的にはどんな匂(にお)いがしたのだ？」

「それは……」

言えば不敬に当たるのではないか、という思羽の危惧に先回りし、「なにを答えてもおまえを罰することはない」と銀耀は請け合った。

「鼻につんと刺さる、薬のような香りでした。ただ、普通の薬よりもずっと刺激が強く……涙が出るほど痛かったのを、よく覚えています」

「痛み、か……」

銀耀は眉を曇らせながらも、得心したようにうなずいた。

「結論から言って、おまえの鑑定は真であった。兄には尋常ではない嗜虐性があったのだ」

「瓊樹様に、嗜虐性が……？」

かつて見たにこやかな表情とは、相容れない言葉のように思える。けれども驚くと同時に、どこかで「そういうことだったのか」と納得する自分もいた。人を失神させかねないほど強烈な薬臭は、瓊樹の度を越した嗜虐心を示していたのだ。

「身も蓋もない言い方をすれば、恐ろしく外面のいい男だったんだ。意に染まぬ者に対しては残虐に振る舞い、多くの者たちがその犠牲となり命を落とした」

気の利かない女官。目についた下僕。諫言する臣下は片っ端から粛清し、宮廷は恐怖で支配されていたと銀耀は語る。

「国のために苦言を呈した者はどんなに有能であろうと処罰され、兄に媚びへつらうことしか考えていない者が要職に就くという、最悪の状況だった。官庁が機能しなくなるのも、時間の問題だっただろう」

特に司諫院——王の過失に対して諫言を行う部署では、長官のなり手がいなくなる異常事態が発生したらしい。王に逆らえば首が飛ぶのだから、実質的な独裁状態だったというわけだ。

「兄のそういった気質は昔からだ。表向きは誰が見ても『いい子』だったが、自分より弱い者や逆らえない者に対しては残酷な面があった」

あまり気分のよい話ではないが……と前置きをして話してくれたのは、兄弟がまだ幼いころの出来事だった。

「私たちは異母兄弟だが、お世辞にも仲がよかったとは言えない。兄の母親である王妃の方針でともに遊ぶような機会もなかったが、時折、王宮の庭で互いの姿を見かけることはあった」

緑豊かで広大な庭園には、さまざまな生き物が集まる。虫や鳥のほかに池では魚も飼われており、子供には格好の遊び場だったという。

「あるとき私は、小さなイタチを見つけた。親とはぐれて迷い込んできたようでな、しばらく世話をしていた時期があったんだ」

イタチはすぐに銀耀の顔を覚え、懐くようになったらしい。六歳だったという銀耀は、女官に手伝ってもらいながら餌をやったり、毛繕いをしたりして可愛がっていたという。

「イタチは私の大事な友だった。しかしその日……庭に行くのがほんの少し遅れた日に……兄は、イタチをいたぶっていた」

「ああ……」

痛めつけられるイタチを想像してしまい、胸がぎゅっと痛くなる。罪のない生き物に暴力を振るう人の気持ちは微塵もわからないし、わかりたいとも思わない。

だが銀耀に虐待現場を見られた瓊樹は、謝罪も弁解もせず驚きの行動に出た。『この子が木から落ちたんだ。急いで手当てしないと』と、平然と嘘をついたというのだ。

ぐったりしたイタチを抱いて呆然とする弟に代わり、『イタチを助けてあげて』と懇願する兄の言葉を疑う大人は、ひとりもいなかったという。

『イタチをいじめたのは、兄上だ』

銀耀が必死でそう訴えても、大人たちは耳を貸さなかった。『弟は混乱しているんだよ』と、瓊樹が触れ回っていたからだ。

「私が問題を抱えているような物言いをし、皆を丸め込む……それが兄の常套手段だった」

華やかな容姿に淀みない弁舌と、どんなときも如才ない立ち回り。信用を得るのはいつも兄だったと、銀耀は忌々しそうに眉根を寄せた。

「私はすべてが馬鹿馬鹿しくなった。だがそれも兄の策略だったのかもしれないな。気づけば向こうは『未来の聖君』、私は『王室の問題児』だ」

瓊樹は幼かった思羽の目から見ても、確かにそつのない人物だったと思う。大任を前にして緊張していた思羽に親しみを込めて接し、重圧をかけようとする父王を諫めたその姿は、完璧なる王太子以外の何者でもなかった。

思羽だってあの薬臭を嗅いでいなければ、話を聞いてもすぐには信じられなかっただろう。周囲の理解を得ることができず、銀耀は相当悩んだに違いない。

「お話は大変よくわかりました。だから王様は『問題児』などという、事実無根の烙印を押されてしまったのですね」

「――……」

思羽の発言で、傍らの文官たちがなぜか物言いたげな目を銀耀に向ける。見られたほうはというと、ややばつが悪そうな表情で口を開いた。

「信頼を裏切るようで悪いが、私の素行が悪かったのは事実だ。兄との一件で嫌気が差したというのもあるが、そもそも私は生まれてからずっと『とるに足らない王子』として冷遇されていた。ふてくされる理由など、いくらでもあったのだ」

銀耀が冷遇されていた背景には、母親の地位の低さもあったという。二人目の側室であり、実家の格も高いとは言えず、銀耀を身籠もったあとは「義理は果たした」と言わんばかりに王のお渡りが途絶えたらしい。

「母は生来病弱だったのが祟って、私を産んで一年後に亡くなっている。母方の実家は学者の家系で、出世競争とは無縁……つまり私はまったく後ろ盾のない状態で育ったのだ」

周りは血筋を理由に見下してくる連中ばかり。王宮を抜け出して街へ繰り出し、気晴らしをするくらいしか発散する方法がなかったが、それもまた王族らしからぬ振る舞いだと非難の的だったらしい。

「だがあの鑑定の日――すべてが変わった。おまえが私の本質を、強く、美しい花のようだと言ったあの日から」

銀耀がそっと、自らの黒い長衣に触れる。つられて視線を動かした思羽は、思わず「あっ」と声を出しそうになった。黒衣に映える花紋は、忍冬――花弁が白から黄に変じるさまから「金銀花」とも呼ばれるその花が、金糸と銀糸で精巧に織り出されていたのだ。

「実を言うと私も最初は、おまえの言葉が信じられなかった。しかしお前にそう言われたことで、自分の中に眠っていたある感情に気づいたんだ」

それは悔しさだ、と銀耀は言う。

「とるに足らない王子と呼ばれることを、私は心の奥底でずっと悔しがっていた。王位なんてどうでもいい。権力争いにも興味がない。そんな顔をしながら……」

誰からも期待されないことに傷つき、自分自身に失望し、だがその感情さえ隠さざるを得なかった若き王子の孤独を思うと、思羽までもがやるせない気持ちになった。

けれど過去を語る銀耀の顔には、わずかな翳りも見えない。

「私はこれまでの行いを猛省した。生まれた境遇を言い訳にして、王子としての責務からも目を背けていると、突きつけられた気分だった」

以来銀耀は遊び歩くのをやめ、勉学と鍛練に励んだという。自分の強さを見出してくれた、思羽の言葉をよすがにして。

「おまえの鑑定で私は目が覚めたと同時に、兄の異常性に対しより強い確信を得た。近い将来、間違いなく道を踏み外すだろう、とな。そうなれば私がすべきことはひとつ……来るべき日に備えて味方を増やすことだ」

兄が王座に就くことは避けられない。ならば暗君となったそのときに、引きずり下ろすのは自分しかいない——銀耀はそこまでの覚悟を決めたのだ。

そのためには、なにより多くの官僚の支持が必要だった。彼らの信頼を取り戻した上で兄に対抗しうる派閥を形成し、なおかつ、相手の勢力を削る工作を行わねばならない。

圧倒的不利な状況から始まったその政争がどれほど熾烈であったかは、周りにいる文官たちの表情が克明に物語っていた。

「兄がまともな王を演じたのは、結局一年足らずだ。だんだん粛清に見境がなくなり……ついには、見過ごせない不祥事を起こした」

謀反を決意した銀耀は、精鋭を集めて兄を襲った。派閥間の緊張は極限まで高まっており、宮中は常に厳戒態勢にあったものの、瓊樹派の内官が直前に寝返ったことで夜半の襲撃に成功したという。

瓊樹派の臣下はひとり残らず捕縛され、自身は馬を駆り王宮から逃亡した。山を越える途中で追っ手の放った矢が馬に当たり、崖から転落して死亡が確認されたらしい。

銀耀は兄を廃位し、庶人として弔った。その後、重臣会議で満場一致の支持を得て、王位に就いたのだ。

「……長く、苦しい闘いだった。腹心の臣を失ったのも、一度や二度では済まない。それでも諦めようとしたことは一度としてなかった。強い心を持っている私は、必ずやり遂げられると信じていたからだ。——思羽、おまえの言葉が私を支えていた」

「王様……」

「ありがとう、思羽」

銀耀の眼差しを受け止めると、甘く瑞々しい忍冬の香気に包まれた。十年の時を経ても淀むことのない――むしろ清々しさの増した香りを、ひしひしと味わう。

あの日の鑑定を思い出すたび、無力感に苛まれていた。思羽はただ王の怒りを買っただけで、なんの意味もなかったと。

けれど、銀耀は「すべてが変わった」と言った。暴君となり果てた兄を退けて王座に就き、本当に人生を変えてみせたのだ。長く厳しい冬を耐え忍び、凛と咲く忍冬の花のように。

思羽のしたことに、銀耀が意味を与えてくれた。見失いかけていた自分という存在を、確かなものにしてくれた。銀耀の生き様は、思羽を照らす光そのものだ。

「わ……わたしのほうこそお礼を言わせてください。こんなに嬉しい日は、生まれてはじめてです。あの日の忍冬にふたたび出会えるとは、夢にも思っておりませんでしたから」

「忍冬……それは、私のことだな？」

「はい、王様」

養父母からつらい仕打ちを受けた日。母が恋しくて眠れなかった日。取り戻せない過去や、閉じた未来に絶望した日。暗く寒い冬のような日々に、身も心も凍りついていた。

だがいまこの瞬間、思羽の胸は温かい。十年の雌伏を経て「花は咲く」と証明した銀耀が、思羽に眩しいほどの光を当ててくれる。

「永遠にも思える冬もいつかは終わる……王様はそう教えてくださいました。王様はわたしの花……わたしの希望です。これまでも、これからもずっと……」

「──、思羽……」

高貴な方を見つめるのは不敬だという常識は持っている。しかし、なぜか銀耀がきらきらと輝いているように見え、目を離すことができなかった。

許されるものならばできるだけ長く、その姿を目に焼きつけていたい。抜き身の刀のような鋭さを持っていた王子が、堂々たる青年王として成長した姿を。

こんな機会はもう、二度とないのだから……。

「思羽……おまえの瞳は、眩しすぎる……」

困惑した声で呟く銀耀が、視線から逃げるように横を向く。我に返った思羽は、すぐに手をついて詫びた。

「不躾なことをいたしました。お許しを」

「いや……叱ったのではないから、謝る必要はない。そうではなくて……」

銀耀は途端に歯切れが悪くなった。顔を逸らしたことで見えたうなじが、心なしかほの赤く染まっているような気がする。

思羽は調子に乗った自分を恥じた。これ以上長居をして、王を煩わせたくはない。

「王様。そろそろお暇をさせていただきたく、退出をお許し願えますでしょうか」

「──……なに？」

「直々にお目にかかれただけではなく、過分なお言葉まで頂戴し、もはや思い残すことはなにもございません。本当に、本当に……ありがとうございました」

少しでも感謝が伝わるようにと、万感の思いを込めて頭を下げる。――だが。

「帰ることはまかりならんぞ、思羽」

「……えっ？」

「食事もまともにさせぬ家に、私の恩人を帰すわけがなかろう？　しばし王宮に留まり、養生するがよい」

思羽の申し入れはあっさりと却下され、そのうえ信じがたい命令が返ってきた。おおかた、思羽の貧相な身体つきが憐れみを買ったのだろうが、さすがに受け入れるわけにはいかない。

「ご厚情に感謝いたします、王様。ですがそれには及びません。王様のお顔を拝見し、お言葉を賜っただけで、わたしには充分養生になります」

痩せ我慢などではない、心からの思いだった。

楚家での生活はきっと、すぐには変わらないだろう。けれど今日銀耀が思羽に与えてくれた希望は、いつか必ず道を切り拓く力になる。

しかし、銀耀は「ならん」と繰り返した。

「言葉で腹は膨れぬだろう。言っておくが、私はおまえの養父を要職に就けるつもりも、褒美を出すつもりもないのだぞ。おまえがまた虐げられるのは、目に見えているではないか」

「王様のおっしゃる通りかもしれません。ですが、それはわたしが立ち向かうべき問題です」

「…………。どうあっても私の誘いを断るか」

「はい、王様」

きっぱりと言い切ると、やりとりを見守っていた文官たちから、おお……と感嘆めいた声が洩れた。皆、「なんと怖いもの知らずな」と言いたげな目をしている。

銀耀は片眉を上げ、やや呆れ気味に問うた。

「おまえ、他人から『頑固だ』と言われないか？」

「ええと、それは……どうでしょう……」

思羽としては引くべき一線を引いているだけなのだが、そう言われるとなんだかこちらの頭が固いように思えてきてしまう。

――どう伝えればわかっていただけるのだろう……。

何度も断るのはさすがに気が引ける。なにより、王の気分を害するのは本意ではない。

思羽が思案していると、不意に執務の間の扉が開いた。入ってきたのは武官服を身につけた若い男で、銀耀の前に進み出ると流れるような礼をとる。

「ただいま戻りました、王様」

「ご苦労。例のものは出たか？」

「はい。やはり楚家は『黒』でした」

武官の報告にぎょっとする。楚家とはまさか、うちのことだろうか。

「屋敷内から大量の薬種を発見しました。恵民署とつながりのある薬種商から、個人的に買い入れたようです」

「薬種商に便宜を図ってやり、安価で仕入れて横流しか？」

「はい。あるいは行商人と組んで、密売を企んでいた可能性もあるかと……」

恵民署とは養父が所属している部署で、庶民のための医療と薬種の管理を行っている。閑職に回されたとさんざん文句を言っていた養父が、裏でそんな取引をしていたことに思羽は衝撃を隠せなかった。

「楚夫妻の身柄は拘束済みです。これから取り調べに入るので、屋敷は封鎖しました」

「あの……養父上と養母上が拘束とは、本当ですか……？」

つい口を挟んでしまった思羽に、「ああそうだよ」と返事をしたのは武官だった。

「このおれが立ち入って調べたからな。間違いないぜ」

打って変わって砕けた口調は、どこか聞き覚えがある。あらためて武官の顔を見て、思羽は「あっ」と声をあげた。

「真奇さん……真奇さんですよね!? 酒屋の！」

酒屋の前掛けをつけておらずとも、猫っ毛のような癖のある髪と、悪童めいた瞳は見間違いようがない。いつも屋敷に配達に来てくれる青年店員で、数少ない思羽の顔馴染みだ。

「なぜ、そんな格好を……それに、どうしてここに……？」

「おれの本業は王様の護衛官なんだよ」

真奇は「黙ってて悪かったな」と謝り、任務のために変装していたのだと明かした。

「武官の仕事の傍ら酒売りを装って、ずっとあんたの様子を見てたんだよ。王室の意に反する鑑定をしたあんたが、ひどい仕打ちを受けるんじゃないかと危惧した王様……当時の銀耀王子様に命じられてね」

　そう言われて、思羽はあらためて楚家での日々を振り返った。

　骨まで痺れるような寒い夜に、水汲みを手伝ってくれたこと。不注意で手首を痛めてしまったとき、治るまで真奇が毛布を差し入れてくれたこと。不作の年だという理由で思羽だけ食事を減らされたときは、こっそり渡してくれた干し柿や蕎麦粉の蒸し餅で食いつないだこと……。

　これまでそうやって助けてもらった場面が、何度あっただろう。

　なんて親切な人なのだろうと感謝していた。だがまさか自分を見守ってくれていたとは――しかもその背後には銀耀がいたなんて、考えもしなかった。

「なんと……なんとお礼を申し上げたらよいか……わたしなどに、そんなお心遣いを……」

　あまりにも恐れ多い事実に、感謝の言葉も見つからない。だが当の銀耀は「礼などいらん」とそっけない顔をする。

「いまとなっては後悔しかない。もっと早く保護すべきだったとな」

「いいえ……そんなことをなさったら、王様の御身に危険が及ぶところでした」

「危険だと？」

「はい。わたしが王様に対して『聖君になるお方です』と申し上げたのは、瓊樹様もご存じのこと。わたしを保護などしたら、早々に謀反の疑いをかけられたでしょう」

「とるに足らない王子」だった銀耀が味方を増やすには、相当な時間を要したはずである。もしも早くから警戒されていたら、瓊樹派に対抗しうる派閥形成は叶わず、王位簒奪も成し得なかったかもしれない。足場を固める前に「叛意あり」とみなされれば、命さえ危うかっただろう。

「真奇さんのおかげで、わたしは何度も命拾いしました。どうかご自分のご判断を悔やまないでください」

真奇を通して届けられた銀耀の恩情が、思羽のこの身を今日まで生かしてくれたのだ。

そう気づくと不思議なもので、これから先「自力で物事を解決できる」と考えていた自分が、ひどく傲慢に思えてくる。ひとりで歯を食いしばってきたと主張するのは思い上がりであり、銀耀の心を蔑ろにするのと同じではないかと。

「王様……恐れながら先ほどのわたしの返答、取り下げてもよろしいでしょうか」

「取り下げる？　……気が変わったということか」

「はい。お言葉に甘えて、しばらく王宮でお世話になろうと思います」

屋敷が封鎖されているからではなく、銀耀の恩情に応えたくてそう告げた。もしかしたら、下働きなどで恩を返す機会があるかもしれない、という淡い期待もある。

「よし、決まりだな。……よかった」

ほっとした顔でうなずく銀耀を見て、断らなくてよかった……と思羽もまた安堵した。銀耀は思羽の行く末について、本気で案じてくれていたのだろう。

「では至急、芳春殿で迎えの準備をさせよう」

王のそのひと言に、文官たちがざわついた。

「客殿ではなく、芳春殿ですか」

「ああ。客殿では人の出入りも多いし、思羽が落ち着かないだろう。なにか問題でも？」

「いえ……ないと言えばないのですが……」

あると言えばある、と続いたであろう臣下の台詞を、銀耀はきれいに無視した。

「思羽。準備が整うまで私につきあえ」

「は……はい」

世話になる身で口を出すのも憚られ、ひとまずおとなしく従った。銀耀は休憩をとると言い、思羽を連れて執務の間を後にする。

「来い。庭園を案内しよう」

外で茶を飲むのも悪くない――そう言って微笑む銀耀と爽やかな花の香りに誘われ、思羽は心地よい日射しの照らす庭へと出て行った。

三章

大きな朱塗りの円卓には、今日も隙間なく料理が並んでいる。

滋羅国各地から献上された新鮮な肉や魚と、野菜がふんだんに使われた御菜は九品。これにご飯と汁物が二品、さらにあつあつの小鍋がつく。

「……いただきます」

五色の彩りが美しい食膳を前に、思羽は複雑な気持ちで手を合わせた。

王宮に来てからというもの、豪勢な食事をたっぷりいただいている。さらに仕立てのよい衣を用意してもらい、毎晩暖かい布団でぐっすりと眠ることができた。労働は皆無だ。水汲みも洗濯も掃除も炊事も、もう何日もしていない。

ごく一般的な貴族の子弟として育った者なら、この恵まれた環境を享受できただろう。だが十歳から下男同様にこき使われてきた身には、上げ膳据え膳の暮らしはどうにも馴染まない。これでは恩返しをするどころか、借りが増えてゆく一方である。

自分もなにかの役に立ちたい。忙しなく働く芳春殿の女官たちを見て、その思いはよりいっそう強くなった。しかしいくら思羽が仕事をさせてほしいと頼んでも、「王様の恩人にとんでもない」と断られてしまうのである。

思羽の度重なる訴えに困り果てた女官たちが泣きついたのか、ある日芳春殿に熟練の女官長がやってきた。王が起居する寝殿に勤めているという、藩女官長だ。

「お身体の調子はいかがですか、思羽様？」

「おかげさまで、とても好調です」

ここに来るまで自覚したことはなかったが、やはり栄養は足りていなかったのだろう。毎日しっかりした食事を摂るようになってから、以前はたまにあったふらつきや怠さを感じることが一切なくなっていた。

だからこそ目一杯働きたいのです――と思羽が続けようとしたのを察したのだろう。藩女官長はすかさず「それはようございました」と微笑み、思羽の言葉を封じた。

「ではなにか退屈しのぎになるようなものをご用意いたしましょう。楽士をお呼びしましょうか、それとも役者のほうがお好みですか？　衣装を誂えるのもよいですね」

「い、いえ。それには及びません」

矢継ぎ早の提案に圧倒されながらも、きっぱりと断った。思羽がどうして王宮で世話になると決めたのか、この機会にきっちり説明しておかねばならない。

「これ以上お客様のように甘え続けるわけにはまいりません。皆様はわたしのことを『王様の恩人』とおっしゃいますが、実は、わたしのほうこそ王様に返しきれぬ大恩があるのです」

昔から真奇を通じて幾度となく援助を受けており、ぜひともこの機会に恩を返したいのだと伝えると、藩女官長は「まあ……」と感じ入った様子でため息をついた。

「思羽様のご事情はとてもよくわかりました。……王様がどれほど思羽様を気にかけていらっしゃったか、ということも」

言うと、藩女官長はあらたまった顔つきで思羽に向き合った。

「どうやら私どもにも、思羽様にお話しせねばならないことがあるようです。――この芳春殿という建物について」

藩女官長が説明してくれたのは、思羽が間借りしている殿舎の成り立ちだった。

「こちらの芳春殿はもともと、紫香嬪様のお住まいとして建てられました。寝殿からは離れていますが、れっきとした後宮なのですよ」

ご存じでしたかと問われた思羽は、驚きとともに「いいえ」と首を振った。

紫香嬪。『天香嬪伝』の主人公にして、滋羅国の初代香嬪――読香の力を見初められて後宮入りした最初の女性、紫春鈴のことである。

銀耀が思羽を芳春殿に迎えると言ったとき、官僚たちが難色を示したのも当然だった。思羽のほかに誰も住んでいないとはいえ、この建物が後宮であることに変わりはない。

「藩女官長……男のわたしがここにいるのは、問題ではないでしょうか？」

「現在このお住まいにふさわしいのは、思羽様をおいてほかにいらっしゃいません。思羽様の不思議なお力については、よくよく教えられております」

いまさらながら不安になる思羽に、藩女官長ははっきりとそう言い切った。

話を聞いているとどうも性別より読香という異能に重きが置かれているようで、結果として思羽は香嬪に準ずる立場として扱われることになったらしい。

「王様は思羽様をこの芳春殿の『主』として敬うよう、私どもにお命じになりました。王様にご恩を返したいという思羽様のお気持ちは理解いたしましたが、主にお仕事をさせるわけにはいかないのです」

藩女官長の論理は筋が通っていた。彼女をこれ以上困らせるのは本意ではない。けれど後宮だと知ってしまったいま、男の自分がより居づらくなったのも事実だった。

「性別を抜きにして考えたらいかがでしょう」

思羽の葛藤に気づいたのか、藩女官長は思わぬことを言った。

「『嬪』というのは側室の序列で申しますと、最も高い身分です。でも本来は正室である王妃様以外は皆、王様に仕える使用人に当たるのですよ」

藩女官長の話は興味深いものだった。後宮の頂点にいるのは、王の正室たる王妃。側室には嬪、貴人、昭儀……といった具合に、序列による称号がつけられる。大抵の御世では嬪は空位であり、貴人が第一位の側室として扱われるという。

しかし滋羅国後宮には特殊な伝統があり、嬪は読香の異能を持つ〈香嬪〉しか認められない。

「王妃様以外は使用人ですか……ああ、なんだかとてもしっくりきました」

これほどわかりやすい序列はなかった。それに自分も使用人の立場にあると考えれば、必要以上に恐縮しなくても平気かもしれない、と思えてくる。

「お役に立てたようでなによりです」

ほっとした顔の女官長を見て、はたと気づいた。

思羽も王の使用人だというなら、銀耀のために働いてもおかしくないはずだ。芳春殿の仕事はできないかもしれないが、王宮にはそれ以外にも多くの建物がある。

「……ひとつお伺いしたいのですが。藩女官長は寝殿でお仕えしていらっしゃいますよね？」

「ええ、そうですよ」

「では、そちらの仕事を手伝わせていただけないでしょうか？　ここに住むことをお許しいただいている以上は、わたしも王様の使用人ですから」

藩女官長の上品な顔が、しまった、と言いたげに固まった。

しばらく反論の言葉を探し、だが見つからないようで、天を仰いでからぽつりと言う。

「……私の負けです、思羽様……」


思羽が任されたのは、臨政殿への荷運びだった。

寝殿へ戻る時間も惜しんで政務に勤しむ銀耀のため、臨政殿に仮の寝所を作ることになり、身の回りのものを運び入れることになったのである。

「思羽……なぜおまえがここに？」

官僚を引き連れて廊下を歩いていた銀耀は、布団を抱えて歩く思羽を見つけ、目を丸くして立ち止まった。

即位直後で多忙を極めているのだろう、互いの顔を見るのは最初の日以来である。荷運びを手伝うことになった経緯を話すと、銀耀はわかりやすく眉間に皺を寄せた。

「働きたいって……ならんならん。おまえには養生が必要だと言っただろう」

「はい。おかげさまで体調はとてもよくなりました」

藩女官長にも伝えたが嘘ではない。銀耀も「まあ、顔色はよくなった」と認めてくれる。

「毎日滋養のある食事をたっぷりいただいているうえに、暖かい寝床で眠れるようになって、力があり余っているのです。食べて寝ているだけでは、身体が肥えてしまいます」

「肥えるとはまた極端な……」

言いながら、銀耀はくすりと笑った。

「そういえばおまえは頑固だったな。……だが思羽、おまえを働かせる気はない」

王様こそ頑固ではありませんか――と言いたくなるところをぐっと堪えた。代わりに王宮に来てから気づいたことを伝えてみる。

「恐れながら、王様。王宮はいま、人手が足りていないようにお見受けいたしました」

「それは……」

銀耀は否定も肯定もせず言葉を濁したが、官僚たちは図星を突かれたような顔になった。

「芳春殿でも臨政殿でも、同じことを感じました。官職を問わずどなたもお忙しそうで、皆様の顔色こそよくありません」

出過ぎた発言をお許しくださいと詫び、それでもまっすぐ自分の思いを訴える。

「どうかこれまでのご恩返しをさせてください、王様。どんなことでも精一杯務めます」

「…………」

銀耀が黙して考え込む。そこに官僚のひとりが「恐れながらひとつご提案が」と手を挙げた。

「思羽様のお力を、私のところでお貸し願えないでしょうか？」

そう申し出たのは、行政実務を担当する六つの官庁のうち、文官の人事を司る吏曹の長官だった。科挙の合格者を適切な部署に配置するために、読香を用いて人柄や資質を見極めてほしいと言うのだ。

すると、「それならうちも」「うちだって」と、礼曹と刑曹の長官たちが続けて声をあげた。外交を職掌の一種とする礼曹では「交渉相手の性格や腹の内を探るため」に、刑罰に関わる刑曹では「罪人が改心したかどうかを調べるため」に、読香を活用したいらしい。

「ええと……」

予想外の方向から助力を求められ、思羽は少なからず困惑した。自分はあくまで下男として働くつもりであり、異能を用いることはまるきり頭になかったのだ。

三人の長官から期待を込めた眼差しを向けられ、迷う。王に仕える彼らに協力することも、銀耀への恩返しになるだろうか――。

「ならん」

思羽の迷いを断ち切るように、銀耀が傲然と言い放った。しかし思羽の心中を読んだわけではなく、三長官に対しての返答だったらしい。

「どれもおまえたちの仕事ではないか。それを思羽にやらせたら、おまえたちはなにをする？昼寝か？　散歩か？　辞職したいならそう言え」

「めっ、滅相もない」

銀耀の目に本気を見たのだろう。失職しては大変と、三長官はすごすごと引き下がる。

「……だが思羽の指摘はもっともで、王宮に人手が足りていないのは事実だ。兄が行った粛清の余波は大きく、どこも人材が枯渇している」

「！　では……」

「ああ。おまえに仕事を与えよう」

「感謝いたします、王様……！」

銀耀は萎れた三長官を捨て置き、思羽を伴って臨政殿を出た。行き先も言わずに先へと進み、中庭に入ったところでぴたりと止まって振り返る。

「――思羽。先ほどの仕事、受けたかったか？」

「えっ？　ええと……」

「私には抵抗があった。だから断った」

思羽の返事を待たずに銀耀は言い、「難しいところではあるが」と思案げな顔をした。

「おまえの力は間違いなく有用だ。だがそれゆえに幼いころから養親に利用され、果ては王室の問題に巻き込まれたことを考えると、ここでおまえに力を振るえとはとても言えない」

「王様……」

長官たちの申し出に戸惑ったのは確かだ。おそらく異能を使うことを、無意識に避けていたせいだろう。その根底にはひょっとすると銀耀の言うように、これまで好き勝手に利用されてきたことに対する悲しみや、反発があるのかもしれない。思羽が胸に抱いていたわだかまりを、銀耀はこのうえなく正確に酌んでくれたのだ。

「お心遣いいただき、ありがとうございます。また、王様にご恩ができてしまいました」

「恩などと、大袈裟だな」

銀耀は面映ゆそうに視線を逸らす。けれど、人に傅かれる立場にありながらも他者に対して優しくあり続けることは、言うほど容易くはない。敬われることに慣れ、弱き者を平気で踏みにじる高慢な貴族を、これまで何人も見てきた。

人の痛みに聡いのはやはり、その生い立ちゆえなのだろうか。そんなことを思うと、十年前に見た横顔がふと、現在の銀耀のそれに重なる。

相も変わらず端整ではあるが、線の細さが消え失せて硬質さが増した。十四歳の銀耀が玻璃だとすれば、いまの銀耀は金剛石だ。どんな宝玉よりも強く、澄んだ輝きを放っている。

「……顔に穴が空きそうだ」

「えっ？　あ……も、申し訳ございません」

見つめすぎだと言外に指摘され、思羽はあわてて目線を外した。気分を害してしまったかと不安になったが、耳朶が赤いだけで怒っている様子はない。

「とにかく……おまえを政に関わらせたくない事情は、ほかにもある。事務方を中心に宮中は依然として混乱状態にあるし、火種も完全に消えたわけではないからな」

まだ敵対勢力が燻っているかのような口ぶりは気にかかったが、「あまり政に関わらせたくない」という銀耀の言葉に従って追及するのは控えた。思羽を巻き込みたくない、という思いやりを無駄にしたくない。

「では、わたしはなにをさせていただけるのでしょうか？」

「おまえには甥の傅育を頼みたい」

「甥御様……ということは瓊樹様の……？」

「ああ、息子だ」

謀反によって王が亡くなると、その妻子まで処刑される例もある。が、銀耀は甥である王子の命は奪わなかったらしい。ただし万が一にも先王派の旗頭として担ぎ上げられないように、王子の位を廃したという。王位継承権はなく、あるのは「新王の甥」という身分だけだ。

「三歳になったばかりで、このたびの政変についてはまったく理解していない。乳母と傅育係の女官に育てられたようなものだから、両親のこともどれくらい覚えているか……」

「王族の方というのはやはり、そういうものなのですか？」

「いや、王族としても特殊と言えるだろうな。甥が両親と過ごした時間は、早くに母を亡くし、父にほとんど顧みられず育った私と比べても、極端に少ない」

宮中を恐怖で支配した暴君を父親に持つ、元王子。叔父の銀耀が主となった場所で、難しい立場にあることは容易に察せられる。

「甥が懐いていた女官が宿下がりして、残った者が持ち回りで面倒を見ているのだが、毎日のように泣かれているらしい。人手が足りないせいもあって、充分に遊んでやれないようでな」

頼まれてくれるかと問われ、思羽は二つ返事でうなずいた。

銀耀の甥の名は、椿といった。現在は先王妃の居殿だった月明殿に一室を与えられ、そこで暮らしている。

月明殿の女官たちが見守る中、思羽は椿と対面を果たした。

「はじめまして、椿様。楚思羽と申します。このたび月明殿でのお勤めを仰せつかりました」

「…………」

椿は目をぱちぱちと瞬き、不思議そうな顔で思羽を見た。傍らの女官に「もう少々お易しい言葉のほうが……」と耳打ちされて、幼児には硬すぎる言葉遣いだったと気がつく。「王様の甥御様」であることに気をとられて、かしこまりすぎてしまったらしい。

「し、失礼いたしました。……椿様、これからはこの思羽と一緒に遊びましょうね」

「……うん」

椿はこっくりうなずいて、やっと少し笑ってくれた。おとなしいけれど、人見知りはしない性質のようでほっとする。

小作りで整った目鼻立ちも、首をかしげたときの可憐な雰囲気も、かつて姿絵で見た先王妃によく似ていた。男児の着物を着ていなければ、女児と言っても通るかもしれない。

「椿様はなにをして遊ぶのがお好きですか？」

「うん……おえかき、すき」

「ああ、いいですね！　では、さっそくお絵かきをいたしましょう。――すみません皆様、筆と墨はどちらに……」

思羽が尋ねようとすると、女官たちはなぜか揃って不安げな表情を浮かべた。

「……お絵かきはいけませんでしたか？」

「い、いえ。いけないというわけでは……ただ、椿様はご自分がお描きになったものがなにか当ててもらえないと、泣きだされてしまうものですから……」

前傅育係は当てるのが得意だったそうだが、いまは全員不正解続きでお手上げ状態だという。ここはどうにかして正解し、椿の信頼を得たいところである。

「わかりました。心して挑みます」

墨を磨って紙を用意し、いざ、お絵かきが始まった。椿の筆遣いはとても丁寧だ。線を一本引くにもじっくりと考え、描いている間はひと言も喋らない。

「……できた」

椿は筆を置くと、静かな期待を宿した目で、じっ……と思羽を見つめた。

四方八方に伸びる線は、おそらく枝。そこにくっついている無数の点々は、花と見て間違いないだろう。

「これは……お花の木、ですね？」

「……なんのおはな？」

「桃、でしょうか……？」

正直なところ、絵だけで判断するのは難しく、推測で答えた。王宮でもちょうど見頃の時季だろうし、椿も見た可能性が高いと思ったのだ。だが――。

「ちがう……」

ひと言そう答えると、ほろりと光るものが頰を流れた。小さな背中を震わせて嗚咽する声が、小雨のように空気を湿らせてゆく。

――これは……声を張り上げて泣かれるより、つらい。

「ごめんなさい、椿様。泣かないで……」

椿に寄り添い、濡れた頰をそっと拭う。お餅のようにふくふくと柔らかく、愛おしさに胸がぎゅっと摑まれる心地がした。

「椿様。なにをお描きになったか、思羽に教えてください」

当てずっぽうで答えて、傷口を広げてはいけない。正面切って尋ねてみると、椿は素直に「ウメだよ」と教えてくれた。

よく見ると花を示す点の周りにくるくると曲線が描かれているのだが、これは「いい匂い」を表しているのだという。端のほうにある大きな丸と小さな丸は「椿と傅育係の女官」だと椿は言い、梅見を楽しんだ思い出の絵ということがわかった。

「素敵な絵ですね。椿様は花がお好きなのですか？」

「……うん！」

さっきまで悲しみで潤んでいた目が、瞬時にきらりと明るく輝いた。

「しうもおはな、すき？　なにがすき？」

「そうですね……いろいろありますけど、春はやっぱりケナリですね」

「ぼくもすき！　でもいちばんは、ウメかなぁ」

本当に花が好きなのだろう。まるで別人のように、いきいきと喋り始める。

「あのね、ウメはね、はながさいたあとにはっぱがでてくるんだけど、モモは、はなとはっぱがいっしょにつくんだよ」

「そうなのですか？　恥ずかしながら、知りませんでした……椿様、よくご存じですね」

言うと、椿はうふふと口元を緩めた。はにかみながらも誇らしげな顔が、とても愛らしい。

「椿様、これからお散歩に行きませんか？　思羽にお庭の花のことを教えてください」

「うん、いく！」

いままでいちばん元気な返事だ。思羽はふと思いついて小さな墨壺と筆、帳面を準備し、女官たちに見送られて椿と一緒に外に出た。

梅はとうに見頃を過ぎていたが、園林の桃、杏、山桜桃は満開だった。白や薄紅色の花弁がひらひらと風に舞うさまは、さながら雪景色のように美しい。

花壇では桃紫色のチンダルレが花盛りを迎えていた。ケナリと同じく、春の訪れを告げる徴のような花だ。

「きれいだねぇ……」

「ええ、本当に。――そうだ、椿様。このチンダルレのお花を、絵に描いてみませんか？」

　思羽が筆を取り出すと、椿は「え？」と目を丸くした。

「ここでかくの？」

　はい、と思羽がうなずくと、椿の頰がぱっと紅潮した。写生ははじめての体験らしい。腰を落ち着けて描くとなるとそれなりに時間がかかるので、女官たちが持ち回りで傅育係を務めているような状況では難しかったのだろう。

「おはながくるん、くるんくるんくるん……」

　椿は自作の歌を口ずさみながら、楽しそうに筆を動かしている。

　梅と桃の見分け方を知っているだけあって、やはり観察眼に優れているのだろう。完成した絵は花弁の特徴をよく捉えていた。

「わぁ……お上手です、椿様」

「ほんとう？」

「はい。ひらひらした花びらが重なっているところが、特に。それと……こちらに描いてあるのはもしかして、女官の皆様ですか？」

「うん！　あのね、はなびらがくるんってしてるところがね、みんなににてるでしょ？」

「ああ……すごい！　確かに裳にそっくりですね！」

　チンダルレの花弁から、ふわりと膨らむ裳を思い出したのだろう。思羽に褒められると、椿がうふふと照れて顔を覆った。墨で鼻が汚れてしまったが、それもまた可愛い。

「チンダルレを摘んで持って帰ったら、花煎を作ってもらえるかもしれませんね」

「ファジョン……たべたい！」

花煎は花をのせて焼いた、美しい餅菓子だ。丸くて平たい餅はほんのりと甘く、蜜をつけて食べてもおいしい。

二人で仲良く花を摘んだあとは、また写生に戻った。だがいささかはしゃぎすぎたのだろう、椿は筆を握ったまま舟を漕ぎ始めてしまった。指をほどいてやっても、目を覚ます気配はない。起こさないように抱き上げると、両腕に愛おしい重みがかかる。

——この香りは……。

ふと。草や土、ほのかな汗の匂いとは違う香りが、思羽の鼻を掠めた。冷たい空気の匂いだ。目を閉じて嗅ぐと、心がしんと静まってゆく。

——雪の日の香りだ……。

降り注ぐ春の日射しが遠ざかり、ひんやりとした静けさに包まれる。

真新しい雪を抱いて、思羽は月明殿へと戻った。


銀耀が芳春殿を訪ねてきたのは、数日後の夜のことだった。

「甥はすっかりおまえに懐いたそうだな。月明殿の女官たちも皆、助かったと言っている」

「お役に立てているならなによりです。椿様と一緒にいると、わたしも心が和みます」

「……そうか」

思羽の返答に、銀耀はほっとした表情を見せた。

「やはり琲様のことがご心配なのですね」

「ああ。……たとえ王子ではなくなっても、見守らねばならぬことに変わりはない」

王族ではない琲を王宮に留め置くことに、当初は反対する声も少なくなかったらしい。だが銀耀は、王族ではないからこそ手元で育てるべきだと主張したという。

「今回の政変の引き金となったのが、兄の起こした不祥事だと話しただろう？　その不祥事というのが実は、琲の母親……先王妃の死に関わっているのだ」

世情に疎い思羽であるものの、先王妃については人並みに知っていた。

その控えめな美しさから「滋羅国の月」と讃えられ、瓊樹と仲睦まじげに寄り添った姿絵があちこちに貼られていたのもよく覚えている。

病を得たと明かされたのは、琲を産んで約一年後のことだ。民は王妃の本復を心から願ったが叶わず、訃報がもたらされたのが昨年の秋である。

「まだお若いのになぜ、と驚きました……長きにわたる闘病もおつらかったでしょうが、なにより琲様を残していかれる無念さを思うと……」

「――思羽」

違うんだ、と銀耀は思羽の言葉を遮った。

「義姉が無念の死を遂げた理由は、病死ではない。本当の死因は……兄の暴力にある」

「えっ――……」

思羽は衝撃のあまり言葉を失った。聞けば先王妃は病ではなく暴力のせいで衰弱しており、しかも周囲にはそれを隠していたというのだ。

「義姉に命の危機が迫っていたのを見落としたことは、痛恨の極みだ。兄にその罪を償わせることなく死なせてしまったことも」

「償いということは……瓊樹様を処刑なさるおつもりは、そもそもなかったのですね」

「ああ。廃位したのちは、配流を命じる予定だった。だが結果的にそれは叶わず、椿は両親を失った……いや、私が奪ったのだ」

自罰的な言い方をする銀耀に、かける言葉が見つからなかった。王位簒奪を成し遂げても、後悔が消えるわけではないのだろう。――だからこそきっと、椿への思いが大きい。

「私の処断を甘い、椿は王室から切り離して養育すべきだ、という声もある。だが、私はそうしたくなかった。目の届く場所に置いてやらねば、いざというときに守れないからだ」

事実をねじ曲げて伝える者。復讐心を持つよう、焚きつける者。そういう輩は遅かれ早かれ必ず出てくる、と銀耀は語った。

「いまはまだ幼くとも、長じれば己の出自を知る。本来なら輝かしい将来があったのにと、心が荒む日も来るであろう。……怒りや恨みの矛先が私に向くのも、承知の上だ」

銀耀の目には覚悟の光が宿っていた。椿が成長の途上でどんな感情を抱えようとも、それを受け止めるのは自分なのだと腹を括っている。

「もちろんそんな負の感情を抱かず、健やかに育ってくれたら申し分ない。そのためにできることは、なんでもしてやるつもりだ」

峻厳な眼差しの中にも、確かな愛情が見える。かつては周囲から軽んじられ、ふてくされていたと振り返る過去があるからこそ、椿を孤立させまいとしているのかもしれない。

「王様……恐れながら、私見を申し上げてもよろしいでしょうか」

「構わぬ」

「わたしが傅育係を仰せつかってからまだ数日ですが、椿様はとても健やかにお育ちになっていると思いました。椿様はわたしや女官の皆様を、いつも笑顔にしてくださるのですよ」

椿はきれいな花を見つけると皆に教え、おいしいものを食べれば、それを分けてくれようとする。思羽たちもその気持ちが嬉しく、自然と微笑んでしまうのだ。

「ちょっと恥ずかしがり屋で、繊細なところもおありですね。お歌もお上手なのですが、いざ『歌ってください』とお願いすると照れてしまわれて……そこがまた愛らしいのですが」

「……おまえは本当によく見てくれているな」

熱弁を振るう思羽を見て、銀耀がしみじみと言った。

「女官たちが助かったと言っているのは、仕事が減ったことだけではないのだろう。椿にどう接したらいいか、ずっと悩んでいたようだから」

「……椿様を取り巻く状況は、複雑なものですから。女官の皆様は事の経緯をご存じなだけに、慎重にならざるを得なかったのでしょう」

「先入観なく接するおまえを見て、女官たちも気が楽になったのだな」

「だとしたらありがたいお言葉ですが……でも、王様。皆様の心を溶かしたのはやはり、椿様ご自身の純粋さだとわたしは思います」

話しながら思い出したのは、はじめて椿に会った日のことだ。

「椿様をこの手にお抱きしたとき……ふと、雪の香りを感じたのです」

「雪……？　雪に香りなどあるか？」

「雪そのものではなく、『雪が降る前の香り』と言ったほうが正しいでしょうか。冬、空気がきんと冷たく澄んでいて、ああそろそろ雪が降るな……とわかる、あの空気です」

それなら覚えがある、と銀耀がうなずく。滋羅国王都の冬は、雪なしには語れない。

「降り積もったばかりの雪には、誰の足跡もありません。まっさらで美しいけれど、柔らかく脆い……幼い椿様のお心はまるで、新雪のようだと思いました」

「新雪――つまり、純真無垢ということか」

「はい、まさに！」

伝わった嬉しさで、ついつい声が跳ねた。

「王様が守って差し上げたいのは、椿様の無垢なお心なのですね。雪の下で春を待つ新芽が、よからぬ輩に踏み荒らされぬように」

「新芽か……なるほど」

言い得て妙だ、と銀耀は納得顔になる。

「王子の座を廃されても、琲は王家に生まれた人間だ。私はあの子に、宿命を受け入れる強さを身につけてほしいと考えている」

「琲様は優しい王様に見守られて、きっとたくましくお育ちになります」

　柔らかくて小さな新芽はかよわく見えるが、大きく生長するための活力を秘めている。

　不遇を乗り越えた銀耀がそばにいれば、道半ばで折れることはない。いつか必ず美しい花を咲かせるだろうと、思羽は確信を持って言えた。

「……不思議だな。おまえと話していると、自分が善人のように感じられる」

　言いながら、銀耀は涼しげな眦を緩めた。

「おまえ以外に私を優しいと言う者はいない。私自身もそう思ったことなどないのにな」

「……ご不快でしたでしょうか？」

「いや。多少くすぐったいが、不快というのとは違う。私の心根についてはもう、とうの昔に知られているしな。――だが、おまえはずいぶんと細かいことを気にする性質のようだ」

「……生みの母に教えられたのです。真実ならなにを言ってもいいというわけではない、と」

　裏表のない人やあけすけな人もいるが、そういう人の割合は決して多くはない。親しい人や信頼している人だけに、本当の自分を見せたいという人もいるだろう。

　力が発現したばかりのころは、よく失敗をした。「いい匂い」も「変な臭い」も感じたままに喋ってしまい、周りの人に嫌がられたことが何度もある。

「まあ、すべて自業自得なのですが……」

いくつのときの話だと問われて「五歳です」と答えると、銀耀は「さすがにその歳で『気を遣え』と言うのは酷だな」と同情してくれた。

「それに、香りを感じるということ自体、自分では抑えようがないのだろう？」

「そうですね……でも大人になってからは、だいぶ制御できるようになったんですよ」

心の香りを感知するのは、集中したときか、気が抜けているときだ。真逆のようだが、要は雑念がないときということになる。

意図せず香りを感じてしまうことはあるが、そういうときは黙ってやり過ごせばいい。

「なるほど……力を制御できるようになって、他人との間に軋轢を生む心配もなくなった、ということか。それ自体はよい処世術だと思うが――思羽。言っておくが、私にその手の気遣いは無用だぞ」

「……？　どういうことでしょう？」

「私はおまえに、いつ香りを読まれても問題ない、という意味だ。要するに、常に恥じることのない自分でいればいいだけの話だろう？」

銀耀は昂然とした笑みを浮かべてそう言い切った。黒瞳には崇めたくなるような自信が漲り、高貴な容貌をより輝かせている。

「私のそばにいるときは、おまえに楽でいてほしい。ありのままでいいんだ。これまで何度も傷ついてきたのだからな」

「っ……――」

その台詞に不意をつかれ、一瞬、声を失ってしまう。いつも異能ありきで扱われていた思羽にとって、「ありのままでいい」だなんて信じられない言葉だった。

「……そんなふうに、おっしゃってくださったのは……王様がはじめてです……」

ようやく絞り出した声は、まだ少し震えていた。

思羽の鑑定で不利益を被った人からは、「おまえにおれのなにがわかる」、「私のことなんてなにも知らないくせに」と非難されてきた。「近づいたら心を読まれる」と腫れ物扱いをされ、友達ができたことも一度もない。

彼らの言動に傷つく一方で、諦めている自分もいた。他人から疎まれるのは悲しい。道具として扱われるのも虚しい。自ら心を開いてくれる人に出会えないのは……ものすごく寂しい。けれどどこれはどうしようもない、生まれ持った運命なのだと。

「ひとりで耐える人生だと、覚悟をしていました。……母も、わたしがそうやって生きることを望んでいましたから」

誰かの力を当てにしてはいけない。弱みを見せれば、つけいる隙を与えてしまうと。

「ひとりで、って……それも五歳のときに？」

信じられない、と銀耀は頭を抱えた。

「いくらなんでも幼すぎはしないか？　もちろん幼少期から厳しい教育を受ける者もいるが、それは王族のような特殊な場合で――……」

銀耀はそこで言葉を切った。王族ではないにせよ、思羽は特殊な子供だったと気づいたのだ。

母に授けられた言葉は思羽にとっての背骨であり、生きていくうえで有用な知恵でもある。鑑定ではつらい思いをたくさん味わったが、下男として生活している間はこれといった揉め事を起こさずに済んだのは、母の教えのおかげだ。

「幼いうちに躾けられたことは感謝しています。……結局、母とは七歳のときに離ればなれになってしまいましたから」

「……死別ではなかったのか」

驚いた様子の銀耀に、思羽は楚家に養子入りした経緯を説明した。

「わたしは物心つく前に父を亡くして以来、母方の伯父の屋敷に身を寄せておりました。一時は伯父を父親のように思っていたほど、関係は良好だったのですが……わたしが六歳になる年、伯父が大金を用立てる必要に駆られて、状況が一変しました」

きっかけは伯父の息子――つまり思羽の従兄弟が、三度続けて科挙に落第したことだった。科挙の合否を決めるのは、本人の資質と家の財力である。大量の書物を購うにも、塾へ通うにも、莫大なお金がかかる。

長年の受験勉強で家計は逼迫していたが、伯父は息子の合格を諦めなかった。息子に勉強を続けさせるため、当時上司だった楚氏に養子話を持ちかけ、思羽を売り払ったのだ。

「伯父上は楚氏に、おまえの能力を明かしたのだな」

「はい。母が承知しないとわかっていたのでしょう、伯父は秘密裡に事を進めていて……気づいたときにはもう、覆しようのない状況でした」

「御母堂と離ればなれになったのは、七歳のときだと言ったな。六歳で養子入りしたときは、まだ一緒にいたということか？」

「はい。わたしのそばにいたいと言った母を、養父母が楚家の下女として雇い入れたのです」

貴族の娘として生まれ育った母が、下女として扱われることに対し、葛藤がなかったはずがない。けれど、「どうかお屋敷に置いてください」と地面に額をこすりつけて懇願したあの日から、そんな素振りは一瞬たりとも見せなかった。

「母は気丈な人でした。毎日きつい仕事をこなしながらも、金儲けを企む養父母からわたしを守ろうとしてくれたのです。……でも彼らからすれば、それが目障りだったのでしょう」

楚夫妻は思羽の母を昼夜の区別なくこき使った。その結果、健康な人だったにもかかわらず、一年も経たないうちに病を得て倒れてしまったのだ。

「養父母は臥せっている母を叩き起こし、『下女の分際で寝込むとは贅沢な』と言って働かせました。それから……母は本当に起き上がれなくなって……売られていったのです……」

おそらく母は身分を偽造され、奴婢として売られたのだろう。

どこにいるかは見当もつかない。だが過酷な状況にあるのは間違いないと思うと胸が塞がり、痛ましさで全身がふるふると震えてくる。

いま、なにをしているのか。働かされているなら、つらくはないだろうか。病は治ったのか。生きてくれているだろうか……。

「——、思羽……」

気づいたら、銀耀の胸に抱き寄せられていた。大きな手のひらでゆっくりと背中をさすられ、震えた身体をなだめてくれているのだとわかる。

「悲しいことを思い出させて、すまなかった」

「……王様……」

目を閉じると、甘く爽やかな忍冬の香りに――銀耀の優しさに全身が包み込まれた。

王に謝らせてはいけない。お身体に触れるほど、近づいてはいけない。頭ではそう理解しているのに、腕の中から抜け出すことができなかった。

「……わたしが母に甘えたりせず、ひとりで楚家に入ればよかったのです。そうすれば母は、あんなことにならなかったのに」

「いくらおまえが望もうと、御母堂が了承したとは思えん」

「ならばせめて母が売られてゆくときに、身体を張ってでも止めるべきでした……！　無力なわたしはただ、母を乗せた荷車を追いかけることしかできず……」

「――七歳では無理だ、思羽」

自責の言葉が止まらない思羽を、ふたたびぎゅっと抱き締める。銀耀の言葉は冷静なのに、声は泣きたくなるほど温かい。

「おまえと御母堂は互いを守ろうとして、最善を尽くした。だがおまえは子供で、周囲の大人たちはその幼弱さを利用したのだ。おまえに責はない」

銀耀はわずかに腕を緩め、思羽の顔を見て言った。子供返りのように取り乱したせいか、頭を撫でて慰めてくれる。恥ずかしいけれど心地がよかった。身分も立場も慎みも全部忘れて、本物の幼子のようにすがりつきたくなる。

　しかし、ここで寄りかかってしまったら昔と同じだった。もう大人になったのだ、弱いままではいられない。

「……お見苦しいところをお目にかけてしまいました。わたしはもう平気です」

　さりげなさを装い、銀耀からそっと身を引いた。なのに——さっきよりも強い力で、ぐっと引き寄せられてしまう。

「っ、王様？　なにを……」

「なるほど。おまえはこうしてずっと、ひとりきりでいたのだな。つらいときも寂しいときも、常に平気な顔をして」

「……それが母の教えでした」

「強くあろうとするおまえの志は尊い。だが私は、おまえの苦しみを知りたいと思う」

「っ……恐れ多いことです、王様。わたしにそんな価値はありません」

「私の恩人を侮辱するな、思羽」

　穏やかな声が一転して厳しくなる。「私を貶めるのと同じだぞ」と言われ、失言に気づいた。

「おまえが持たねばならぬ荷物は、ほかの者よりも重たい。だから私にも分け与えろと言っているのだ」

「なぜ……なぜそんなにもよくしてくださるのですか。わたしが恩人だとおっしゃいますが、その恩はもう、充分お返しいただいております」

「……。恩だけではない、と言ったら？」

「え……？」

真っ向から見つめられ、思羽は言葉に詰まった。恩返し以外で親切にしてもらう理由など、いくら考えても心当たりはない。

「なるほど……こういうことには、鼻が利かないのだな」

銀耀はいささか拍子抜けしたように言い、するりと腕をほどいて思羽を解放した。

「まあよい。ひとまず私の前で強がるのは、無意味だと肝に銘じておくことだ。私がおまえの力を借りたくなったら、弱みにつけ込むなどという姑息な真似はせず、王命を下すだろう」

わかったなと念を押され、「はい」とうなずいてしまう。権力に物を言わせるぞと言われたも同然なのに、嫌な感じがしないのが不思議だった。

つらい、寂しいと打ち明けるのは、己の弱さを露呈してしまうようで怖い。だが銀耀の言葉に従ってみたい、と思っている自分もいた。

――わたしにもできるだろうか。痛みや悲しみを我慢せず、素直に伝えることが……。

もしもそんな日が来たら、「ありのままでいい」と言ってくれた銀耀に、心から向き合えるような気がした。

四章

思羽と椿はその日、朝から降り続いた雨がやむのを待って庭に出た。

雨上がりの日射しは、いつもより透き通っている気がする。雨露で濡れ光る草を揺らして、椿は楽しそうに走った。

「椿様。今日は『これ』でお絵かきをしましょう」

思羽が差し出したのは、筆ではなく細長い枝である。地面を紙に見立てて絵を描く遊びを、椿はすぐに気に入ってくれた。

二人で順番に地面に似顔絵を描き、きゃらきゃらと笑いながら当てっこをする。

「これ、だぁれだ？」

「うーん……このおっとりしたお顔は、女官の世花さんですか？」

「はずれ！　このみみのところ、ちゃんとみて」

「ああ……福耳！　明桂さんですね！」

「あたりー！」

椿はいつの間にか、絵を当ててもらえなくても泣かなくなっていた。恥ずかしがり屋な部分はまだあるけれど、笑顔も口数も格段に増えている。

子供の成長は早い……なんて感慨深く思っていると、椿が思羽の後ろを見て「あっ」と目を瞬いた。

「おばあたま！」

椿のその呼びかけに、思羽はさっと姿勢を正した。椿がこの王宮でそう呼ぶ相手は、たったひとりしかいない。

「ご機嫌麗しゅうございますか、鳳慈母様」

龍を象った黄金の簪でまとめられた豊かな髪。牡丹を織り出した衣が似合う華やかな美貌。十年前から衰えることのない容色は、すぐさま思羽の記憶をも呼び覚ました。

椿の「おばあたま」こと、大王大妃・鳳優媛――先々王・真成王の王妃であり、瓊樹の母親である。民からは現在、敬意を込めて「鳳慈母様」と呼ばれている。

「ごきげんよう。――まあ、ずいぶん賑やかだこと」

礼をとった思羽に対し、鳳慈母は優雅に微笑んだ。

「ご挨拶が遅れまして、申し訳ございません。楚思羽と申します。先日より王様のご厚意で、こちらに身を寄せている者です」

「存じておりますとも。立派な青年になりましたね」

「……過分なお言葉を賜り、恐縮です」

鳳慈母から十年前の鑑定を――思羽が瓊樹の香りで苦しんだことを――覚えていると示され、ふたたび深く頭を下げる。彼女にしてみれば息子を悪く言われたようなものなのだから、思羽は恨まれていてもおかしくはない。

「……思羽。もしあなたが罪悪感を覚えているなら、その必要はありませんよ。あなたのことを責めるつもりなど、毛頭ないのですから」

その台詞を額面通りに受け取り、よかった、と安心できるほど楽天的ではなかった。だが鳳慈母は柳眉を曇らせ、自責の念までをも口にする。

「あなたは息子の本性を正しく見抜いていたのですね。けれど私たちは、あなたが幼いことを理由に、鑑定結果を信用しなかった。恥ずべき過ちを犯しました」

「……恐れながら、無理からぬことと存じます。瓊樹様は取り乱したわたしに、寛大に接してくださるようなお方でした」

信用されなかったことは確かに悲しいが、いまさら責める気にはなれなかった。だが鳳慈母のほうは悔やみきれない様子で、「だとしても」と語気を強める。

「あなたのように特別な力がなくとも、息子の異常な気質に気づいて然るべきでした。我が子を破滅の道へと進ませてしまった私は……母親失格と言えるでしょう」

「鳳慈母様……どうかそんなふうにおっしゃらないでください」

思羽には恨み言を述べるつもりも、断罪するつもりもなかった。慰めを口にするような身分ではないが、せめて心だけでも寄り添いたいと願う。

「……優しいのね」

思羽の気持ちを酌んでくれたのだろう。鳳慈母はふっと眦を緩めた。

「こちらにいらっしゃいな、椿。……あぁ、ずいぶん重くなったこと」

鳳慈母はその敬称にふさわしい、慈愛に満ちた表情で孫を抱き上げた。その拍子に、椿が手に握ったいた枝が地面に落ちる。

思羽は拾い上げようとして腰を屈め、ふと、甘やかな匂いが漂うのに気がついた。

──花の香りじゃない。これは……白桃？

思い浮かんだのは甘い果実だが、近くに実をつけた果樹はない。はたと目が合った鳳慈母が、

「なにか感じたのかしら？」と尋ねてくる。

「ええ……でも、お召し物に焚きしめたものでは……」

「今日は焚かせていないのですよ」

つまり私自身の香りですね、と鳳慈母はどこか嬉しそうに言う。

「どんな香りがしたか、教えてくださる？」

「は、はい。……まるで食べごろの桃のような、芳醇な香りがいたしました」

「まぁ、なんて素敵なんでしょう。自分でわからないのが残念」

香りからは不穏なものは感じられなかった。甘い果物の印象そのままに、成熟した女性や、温厚な人柄を意味するのだろう。

「おばあたま、モモはどこ？」

「本物の桃ではありませんよ、瑃。私の心根を表す香りなのだそうです」

鳳慈母の腕に抱かれた瑃が小さな鼻をくんくんと動かしたが、すぐに「わからない」と眉を下げてしまう。しょんぼりした顔が可愛くて、思羽は鳳慈母と思わず笑いあった。

「本当に不思議だこと。私たちがこうして再会したのも、神秘の力の為せる業ではないかしら

――……ねぇ、思羽。よろしかったらいまから、慈嘉殿にお越しにならない？　ぜひ、詳しくお話を伺いたいのだけれど」

「鳳慈母様のお住まいにですか？　それは……」

あまりにも恐れ多いお誘いに、どう返事をすればよいか迷う。断るほうが礼を失すると考え、誘いを受けるべきなのか。それとも立場をわきまえ、辞退すべきなのか。

王の世話になっている者として、どう振る舞うのが適切だろう――と銀耀の顔を思い出すと、背後から草を踏む足音が聞こえた。

「義母上。そのお誘い、謹んでお断り申し上げます」

えっ、と思って振り返った先には、真奇を伴った銀耀がいた。型通りの挨拶を済ませると、思羽をかばうような位置に立つ。

「あら……どうしてですか」

「思羽は養生中の身です。万全ではない体調でお伺いし、粗相があってはいけませんので」

「いたって健康に見えますが……まあ、少し痩せているかしら」

「ご理解いただけてなによりです」

やや強引な銀耀の話運びに、でも、と鳳慈母が首をかしげた。

「なぜあなたが断るのですか。思羽はもう子供ではないのですから、自分の体調は自分で判断できるでしょうに」

「簡単な理屈です。彼は芳春殿の客人で、私の管理下にある」

「芳春殿？　……ああ。そういう……」

鳳慈母は思羽と銀耀を交互に見て、納得したような面持ちで呟いた。

銀耀は鳳慈母を義母として敬っているが、立場としては王である銀耀のほうが上位である。芳春殿に滞在する思羽のことを、王の臣下とみなして遠慮したのだろう。

「あなたがこんな場所にまで顔を出すなんて、おかしいと思ったら……まさか思羽に見張りをつけているのですか？」

「見張りとは人聞きの悪い。思羽がいつもと違う時間に外に出たと女官が教えてくれたので、少し様子を見にきただけですよ」

「よく気のつく女官をお持ちのようですね。でも、束縛が過ぎると嫌われますよ」

「ご忠告はありがたく頂戴いたします。まあ、杞憂と思われますが」

やんわりと窘める鳳慈母に対し、銀耀の声には常はない棘がある。

半ば呆れたような顔つきの鳳慈母に「あなたも窮屈ですね」と同情されたが、思羽は即座に「いいえ」と首を振って否定した。

「窮屈などと思ったことは、一度としてありません。この身は王様のものですから」

「…………。あら」

鳳慈母がぱちぱちと睫毛を瞬く。沈黙を守っていた真奇がぶっと噴き出し、失態に気づいてすみやかに「失礼しました」と表情を戻した。

「ご覧の通りです、義母上。ご心配には及びません」

銀耀の顔には勝ち誇った笑みが浮かんでいる。鳳慈母もこれ以上のお小言はないのだろう、「そのようですね」とおとなしく引き下がった。

「ところで義母上、これから少々私にお付き合い願えますか？　今夏の隣国使節団受け入れについて、義母上のご意見をお伺いしたいのですが」

「お茶のお誘いではなく、仕事の話ですか？」

「ええ。やるべきことが山積しておりますゆえ」

構いませんよと鷹揚に応じると、鳳慈母は抱いていた琲を下ろした。「あなたもたまには私のところへおいでなさいね」と微笑み、銀耀とともに臨政殿の方角に歩いてゆく。

「――あんた、意外と大胆だね」

二人の背中が遠ざかってから、真奇が可笑しそうに言った。

「大胆、とは？」

「『この身は王様のものですから』なんてさ。危うく、慈母様の前で口笛吹くとこだったよ」

真奇の説明を聞いても、意味がよくわからない。

「大胆もなにもありません。王に仕える者として、当然の心構えですから」

「は？」

真奇があんぐりと口を開けた。「王に仕える者？」

「ええ。……あ、もちろん正式に雇われた身ではありませんから、思い上がるなと言われればそれまでなのですが……」

「いやいやいや。じゃああんたは『わたしは王の臣下です』って言っただけ、ってことか？」

「はい。さっきからそう言っているではないですか」

「はあ～……」

真奇はすっかり脱力した様子で、その場にしゃがみ込んでしまった。心配した椿に「げんきだして」と頭を撫でられている。

「そんなことより、真奇さん。さっきの王様、ちょっと変じゃありませんでした？」

「変って、どのへんが？」

「表情や話し方が刺々しいというか、どこか気を張っているように見えて……」

銀耀は普段から峻厳な態度を取ることが多い。けれど鳳慈母と相対したときには、明らかに異なる雰囲気を纏っていた。

「なにかを警戒しているような……うまく言えないのですが」

「慈母様と話すときはいつもあんな感じだよ。ま、お二人の関係を思えば無理もないが」

「やはり瓊樹様のことについて、遺恨があるのでしょうか？」

「いや、それについてはとっくに片がついてる。……というより鳳慈母様は、息子の生前から王様に与していたんだよ。だから今回も無傷なんだ」

「無傷……」

廃位となった瓊樹の血縁でありながら、なんのお咎めもなかったという意味だ。

もしも息子の振る舞いを擁護したり、銀耀を陥れようと画策したりしていれば、処罰は免れなかっただろうと真奇は語る。だが鳳慈母は息子の行状を鋭く批判し、銀耀の肩を持つ選択をしたというのだ。

「それならばどうして……」

話を聞くと鳳慈母は公平無私な人物に思える。それどころか、二人は良好な関係にあってもおかしくないように感じられた。

「気になるのか？」

「はい。王様があんなにもピリピリなさるなんて、只事とは思えません」

間髪いれずに答えた思羽に、真奇はふうん、と思案めいた顔をする。

「脈はないこともない……か。なら、思羽。あんたには教えておいたほうがいいな」

よし、出かけるぞと真奇は立ち上がった。どこへ行くかは明かさずに、支度して待つように言い置いて早足で庭を去る。

取り残された思羽はひとまず月明殿に踵を帰し、急いで外出の準備を整えた。


輿に揺られて向かった先は、都の外れにある渡し場だった。そこからさらに舟で川を下り、着いたのは小さな邑城――城壁に囲まれた村落である。

城門を抜けてしばらく歩くと、開けた場所には市場が立っていた。大きな荷を担いだ人々が行き交う道には日用品を商う店のほか、女性客で賑わう装身具屋に、布団や枕を扱う寝具店、飯屋に茶房などさまざまな店が並び、呼び込みの声が飛び交っている。

「活気があっていいだろ？　ここの地方官は、王様の信頼も厚くて……――って、おい」

村の説明をしていた真奇が、ぎょっとしたように思羽を見た。

「大丈夫か、思羽？　いまにも吐きそうな顔してるぞ」

「いえ……そこまでは、まだ……」

思羽はまたもや輿に酔い、今度は舟にも酔っていた。どうやら乗り物に弱い性質らしい。

「もうちょっとだけ辛抱してくれ。行けば薬を煎じてもらえるから」

「そんな……、ご迷惑をおかけするわけには……」

「なに、薬なら売るほどある家だ」

しばらく歩いてたどり着いたのは、石塀に囲まれた草葺き屋根の民家だった。庭の縁台には茣蓙が敷かれ、笊一杯の草や実が天日干しにされている。

大きな庭木の陰には鶏小屋があり、誰かが掃除をしているようだった。扉が開き、おがくずと籾殻まみれで出てきたその人に、真奇が跪いて礼をとる。

「俶様。お邪魔しております」

「おお、真奇か」

俶と呼ばれた男性は「よく来たな」と親しげに微笑んだ。

歳は銀耀の二つ上である真奇と、ちょうど同じくらいだろうか。木綿の服に草鞋という出で立ちはどう見ても庶民だが、真奇の態度は高貴な人に対するもののように恭しい。

「今日はどうしたんだ？　お連れの方ははじめて見る顔だが……」

言って思羽を見るなり、おや、と心配そうに眉を寄せる。

「失礼。もしかしてご気分が悪いのでは？」

「は、はい……少し」

「輿と舟で酔ったようです。なにかいい薬はありませんか？」

「知っての通り、売るほどあるよ」

俶は真奇の質問にそう答えると、思羽に家に上がるよう促した。

大小の抽斗がついた薬箪笥から生薬の包みをいくつか取り出し、薬研で粉末にしてから混ぜ合わせると、白湯の入った湯呑みと一緒に渡してくれる。

吐き気によく効くというその薬は、鼻を近づけると「うっ」と怯んでしまうほど独特な匂いがした。だがひと思いに飲んでみれば、辛味のある後味は悪くない。匂いの印象より口当たりもよかった。

「どうかな？　効き目が出るまで少しかかるけど、口の中はすっきりしただろう？」

「はい……とても。どうもありがとうございました」

お礼を言って湯呑みを置き、思羽はあらためて名乗った。

「ご挨拶が遅れました。楚思羽と申します。現在、王宮でお世話になっている者です」

「楚思羽……――ああ！　例の鑑定をした子供か！」

俶ははっとしたように膝を打った。「当時のことは真奇から聞いているよ」と、感慨深げに思羽の顔を眺める。

「よく来てくれたね。私のことは、俶と。この邑城の市場で薬種商をしているんだ」

年頃の娘ならひと目で心を奪われそうな、好青年然とした顔立ち。見る者をふんわりと包む陽だまりのような雰囲気と、気さくでありながらもどこか品のある話し方。

質素な衣服を身につけてはいるが、ただの薬種商とは思えなかった。なにより真奇が思羽の鑑定について話したということは、王室と関わりの深い人物だということだ。

――いったいどういうお知り合いなのだろう……。

不思議がる思羽の顔を見て、「どうかした？」と俶が首をかしげる。しかし返事をするよりも早く、真奇が「気づいたんじゃありませんか」と口を挟んだ。

「そうかなぁ。私たちはそれぞれ母親似で、顔は似てないと思うけど」

「……？」

俶の台詞にますます混乱する思羽に、答えを教えてくれたのは真奇だった。

「このお方は王様の兄上様なんだよ。先々王様の二番目の王子様だ」

「え……。えぇっ⁉」

「元王子だよ、真奇」

俶が冷静に付け加える。だが「元」であっても、思羽にとっては初耳だ。

「私が王宮を追放されたのは、十七年前のことだからね。あなたはまだお若いようだし、記憶にないのも当然だよ」

俶の母親の名は、冰玉娟。銀耀の母よりも上の〈貴人〉の位にあり、真成王から深い寵愛を受けていた側室だというのである。

「つ、追放というのは……」

「そのままの意味だ。王子の身分を剝奪されて、ここで庶民として暮らしている。……母上が不貞の疑いをかけられて処刑されて以来、ずっとね」

不貞や処刑という不穏な言葉に、思羽は動揺して相槌さえ打てなかった。

側室の不貞行為を恥ずべき不祥事として断罪した王室は、醜聞が流れてしまうことを恐れ、処刑の理由を「重大な背信行為があった」としか発表しなかったらしい。結果、一連の出来事を詳しく知る者は、市中にはほとんどいないという。

「もちろん冤罪だ」

強い口調で断言したのは真奇である。

「冰貴人様は一途に真成王様を想い、尽くしていらっしゃった。誠実で、高貴なお立場でありながらも気取らない……本当に、素晴らしいお方だったんだ」

俶は穏やかな目で真奇を見た。

「おまえほど母上を慕ってくれた者はいないよ、真奇」

「命の恩人をお慕いするのは当然のことです」

命の恩人？　と尋ねた思羽に、真奇は冰貴人との出会いを教えてくれた。

「おれはもともと孤児でね。冰貴人様に拾われて王宮に来たんだよ」

真奇は物心ついてまもないころに起きた、歴史的豪雨による大水で両親を失ったという。掏摸と物乞いで糊口を凌ぐ日々を送っていたところ、貧民街を慰問に訪れていた冰貴人一行を見つけ、あろうことか掏摸の標的としたらしい。

真奇は冰貴人の簪を奪うことに成功した。当然すぐさま護衛官に捕まったが、冰貴人は真奇の類い稀なる身体能力を気に入り、「ゆくゆくは武官見習いにしてはどう?」と言って王宮に連れ帰ったというのだ。

「な……なんて懐の深いお方でしょう……」

思羽が感嘆のため息を洩らすと、真奇も「そうだろう」と嬉しそうにうなずいた。

「しかも『歳が同じだから』とおっしゃって、おれを俶様の遊び相手にしてくださったんだ」

「そうそう。真奇と、私と……それに王様も入れて、三人でよく遊んだね」

俶の言う「王様」は真成王ではなく、異母弟である銀耀を指しているのだろう。銀耀は瓊樹と一緒に遊んだことはないと言っていたが、俶とは仲がよかったらしい。

「冰貴人様のようなお方が、不貞行為など絶対にありえない。王様も同じお考えだ。冰貴人様の名誉を回復し、不当に奪われた俶様の身分を取り戻したいと、切に願っていらっしゃる」

「真奇……」

力説する真奇とは対照的に、俶の話し声は落ち着いていた。

「王様のお気持ちはありがたいよ。母上の無実を信じているのは、私も同じだ。……けれど、あまりにも時間が経ちすぎている。いまから冤罪と証明するのは至難の業だ」

王様も諦（あきら）めが悪くていらっしゃる、と苦笑（くしょう）するその声は、言葉とは裏腹にどこか柔（やわ）らかい。弟を思いやる兄の顔からは、二人の仲のよさが窺（うかが）えた。

銀耀が俶の復位を願っているのも、かつて可愛（かわい）がってもらったからなのだろう。母を亡（な）くし、父にも顧（かえり）みられずにいた銀耀にとって、俶はかけがえのない家族だったに違（ちが）いない。

だが、俶本人の表情はさっぱりしたものだった。王族という身分や王宮での暮らしに対し、未練らしきものは欠片（かけら）も見当たらない。

「私には歩くべき道がある。薬種商として自分が拓（ひら）いた道だ。人々のお役に立つことで、私は生かされているんだよ」

俶が出してくれた薬のおかげで、帰りの舟旅（ふなたび）は行きよりもずっと楽だった。気持ちのいい夕方の風に吹（ふ）かれながら、茜色（あかねいろ）に暮れゆく空や、のどかな川岸の景色を楽しむ余裕（よゆう）もある。

「俶様のお薬はよく効きますね」

「調合の腕（うで）も一流だからな。王宮を追い出されたあとで、一から勉強なさったと聞いてる」

薬種を買いに来る医師や患者（かんじゃ）は、あの方の出自を知らないかもしれない、と真奇は言った。

「なにしろ一時は行商人として働いてらしたからな。行商人には独自の交流網（もう）があるんだが、それを利用すれば国中に薬を届けられるんじゃないか、なんておっしゃってさ。自ら行商人の仲間に飛び込んでいかれたんだ」

高貴な方がそこまでなさるのかと、思羽は心底驚いた。贅を尽くした宮殿に王子として生まれた人が、重い荷を担いで山を越え、物を売り歩く姿はなかなか想像できない。

「真の意味で気高い人というのは、俶様のような方のことを言うんだろうな。けど、そういう方ほど生きづらい……それが王宮だ」

身分や立場を笠に着る奴ほど、のうのうと生き残ってるもんだ――そんなあてこするような真奇の口ぶりに、思羽は引っかかるものを感じた。

まるで氷貴人の処刑や、俶追放の原因となった者が、いまも王宮にいるように聞こえる。

それって――と目顔で尋ねた思羽に、真奇が苦々しい顔でうなずいた。

「氷貴人様の不貞疑惑はでっち上げだ。仕組んだのは当時の王妃……鳳慈母様だよ」

「え……っ、鳳慈母様が……?」

思いがけない人物の名に、思羽は耳を疑ってしまった。

だが鳳慈母は長年、俶とその母親である氷貴人を敵対視していたという。瓊樹と俶はかつて王太子の座を巡り、対立する立場にあったからだ。

二人は一歳違い。順当に考えれば王妃の息子で、王の第一子でもある瓊樹が有利である。

しかし当時の王は氷貴人に対して相当入れ込んでいたようで、官僚たちの間では「王様は俶様をお選びになるのでは」という意見が大勢を占めていたらしい。

「王妃は氷貴人様を亡き者にすることで、俶様の立太子を阻もうとしたんだ。自分の息子を、確実に王太子位に就けるために」

鳳慈母の陰湿極まりない奸計に、すうっと血の気が引くのを感じた。けれど瑃を可愛がっていた姿からはまったく想像がつかず、頭が混乱してしまう。

「と……とてもそんなお方には見えませんでした……穏やかそうなお人柄で——……あ」

言ったそばから失言に気づき、「すみません」と詫びる。だが真奇の反応は「見えないよな。だから厄介なんだよ」とあっさりしたものだった。

それは奇しくも彼女の息子である瓊樹の、異常な外面のよさと重なるものがある。が、ついさっき感知した鳳慈母の香りは、瓊樹のような刺激臭とはまるで違っていた。甘く熟した白桃の芳香が——温厚な人柄を示すはずの香りが、混乱に拍車をかける。

ただ、真奇にそのことを伝えようとは思わなかった。言い方を間違えれば、思羽が鳳慈母をかばっていると受け取られかねない。

「王様も鳳慈母様を疑ってらっしゃる……だから庭園での態度がいつもと違ったのですね」

「その通りだ。鳳慈母様も疑われているのは百も承知だろうが、こっちには証拠がない。当時の関係者の証言だって、冰貴人様に不利なものばかりなんだ」

「味方になってくださる方は、ひとりもいなかったのですか？」

「ああ、不自然なほどにな。見返りをもらって黙っているか、弱みを握られて口を噤んだか、どっちかだろう」

真奇の推測が正しければ、黒幕に操られて偽証した者がいるということだ。

——もし、そうだとすれば……。

「真奇さん。この件、わたしがお力になれるかもしれません」

「え？　……あんたが？」

「はい。本当のことが言えない状況というのは、自分を偽っているのと同じです。相手の心を知ることができれば、証言の真偽を検証するのに役立つのでは？」

「あー……なるほど。見返りをもらってる奴の腹ん中は真っ黒だろうし、逆に脅されてる奴は、罪悪感に苦しんでる善人の可能性もある……ってことか」

「ええ。外見と中身のずれから、偽証を炙り出せるはずです」

「そりゃ確かに名案だ。けど……王様が承知なさるかね」

もし銀耀にその気があるなら、とっくに頼んでいるだろうと真奇は言う。しかし銀耀は思羽に助力を求めるどころか、俶の話さえしていない。

「王様はあんたの能力を誰よりも買ってる……けどあんたの生真面目な性格を知って、事件に巻き込みたくないと考えてるかもな」

「性格が関係あるのですか？」

「と、おれは思うね。人の本性を見抜くっていうのはさ、弱点を暴くのと同じことだろう？偽証を見破るためには、さらにそこを攻撃しなきゃならない。……あんたにできるか？」

相手が隠しているものを暴き立て、突きつけて問い質す覚悟があるのか。真奇は思羽にそう問いかけているのだ。

「っ……」

即答できず、言葉に詰まる。それは自分の能力で相手を傷つけたくないという思羽の思いに、真っ向から反するものだった。

「……ま、あんたが平気だったとしても、王様は頼まなかったかもしれないけどさ。なんか、道具として扱うみたいで気が引けるだろ？」

言われて、以前官僚たちに助力を頼まれたときに、銀耀が断ってくれたことを思い出した。真奇に話すと、「やっぱりな」と納得した顔になる。

「王様はあんたを大事に思ってらっしゃる。これまでずっと大変な目に遭ってきたのもご存じなんだから、過保護になるくらいでちょうどいいのかもな」

はっきり言われると気恥ずかしいが、事実なのだから否定しても仕方ない。だが、どうして自分なんかに……という疑問はまだあった。

「どうして王様は、そんなに親切にしてくださるのでしょう……？」

思羽によくしてくれる理由は、恩だけではないと仄めかされた。しかし思羽にはいまだに、その真意が摑めないでいる。

真奇ならわかるのではと思って訊いたら、「は？」と思いきり目を点にさせてしまった。

「えーっと……あんた、もしかして本気でわかってない？」

はい、まったく――と答えると、盛大なため息が返ってくる。

「鈍感もここまでいくと罪作りだろうよ……。これもある種の不敬罪か？」

「ふ、不敬罪？　わたしが……!?」

不穏当な発言にうろたえ、それがまた真奇を脱力させてしまった。「いいかよく聞けよ」と真顔で言われ、思羽も真剣な表情で「はい」とうなずく。

「あんたは王様にとって、初恋の相手みたいなもんだ。大切にして当たり前なんだよ」

「は、初恋……？」

思いもよらぬ単語に、瞬きも忘れて戸惑う。

「ど、どういう意味ですか、それは」

「あんたも聞いただろ？　十年前の鑑定がきっかけで、王座を獲ろうと奮い立った――って話。あんたは長いこと燻っていた自分を、目覚めさせてくれた張本人なんだよ」

「でっ、でもわたしはその……男です。こう見えても」

「そんなキリッとした顔しなくても、どう見たって男だよ。別に、王様はあんたの性別を誤解してるわけじゃない」

男が男に入れ込む話のひとつやふたつ、あんたも見聞きしたことがあるだろうと真奇は言う。滋羅国で婚姻関係を結べるのは男女のみと決まっていたが、貴族が男妾を囲う習慣もあれば、男が男相手に春を売る妓楼もあるのは、思羽も知っていた。

とはいえ、銀耀が思羽に好意を持っているとは、にわかには信じられない。

「だって鑑定したのは、子供のときの話ですよ？」

「いまはもう大人だろう？　十年間も心の拠りどころにしていた相手が、美しく成長して目の前に現れてみろ。グッとくるものがおありになったんだよ」

　だからこそ王宮に引き留めたんじゃないか——と真奇は言う。善意からの提案であったのは間違いないが、決してそれだけではなかったはずだと。

「あ、えっと……その……」

　不意に、銀耀に抱き締められた日のことが頭をよぎる。自分を責め続ける思羽をかばい、「おまえの苦しみを知りたい」と言ってくれた、あの夜のことを。

　背中を撫でてくれた手のひらの感触や、着物越しに触れあった体温までもが蘇り、胸の鼓動が急激に速くなる。

「——よかったよ」

　顔を赤くして黙り込んだ思羽を見て、真奇はほっとした声でそう言った。

「ここでもすげない反応だったら、さすがに王様がお気の毒だものな」


　その日の夜。思羽は芳春殿でひとり、鳳慈母について考えていた。

　暴君となった息子を批判する、公正な母親。孫を抱いて優しく微笑む祖母。息子を王太子に据えるため、王の寵妃を陥れた冷酷な王妃。

　鳳優媛というひとりの女性の、さまざまな顔が浮かんでは消えてゆく。

　複数の顔を持つ人というのは、さほど珍しくない。身近な例で言えば真奇もそのひとりだ。

　いまも思羽とは酒屋の店員だったときのように気楽に話す一方で、護衛官としての任務にあるときにはかしこまった態度を取っている。

思羽が香りから読み取るのは人の本質とも言うべきものであり、どんなに外面を取り繕おうともそれを誤魔化すことは不可能に近い。

しかし、一生涯変わらないとは言い切れないのも事実だ。

「心を入れ替える」という言葉があるように、悪事を働いた人が改心することはある。逆に、真面目な人が悪に染まることもあるだろう。生き方が変われば、香りもまた変化する。

思羽が感じた鳳慈母の香りと、真奇が語る人物像は明確にずれていた。その理由は鳳慈母が変化を遂げたから、という可能性も捨てきれない。

——罪を秘匿したままでは、改心したとは言えない。ただ——、
冰貴人を陥れて命まで奪ったことが事実なら、たとえ事件から何年経っていようと、鳳慈母は罪を償うべきである。

——王様にお願いしてみよう。わたしもこの件に関わりたいと……。

許しを得られるかはわからないが、知ってしまった以上は無視できない。

真奇の言った通り、銀耀が真の解決を——冰貴人の名誉を回復し、俶の身分を取り戻したいと切望しているなら、どうにかして力になりたいと思った。ぬくぬくと守られてばかりいては、ちっとも恩が返せない。

でも……力になりたいと思う動機は、本当にそれだけなのだろうか。

『恩だけではない、と言ったら？』

不意に銀耀の声が蘇り、きゅっ、と胸が熱を持って疼いた。もしかしたら自分にも、恩以外の気持ちがあるのかもしれない。

恩人に対する感謝だけでは、この胸の熱さは説明できない気がした。もっと別の、これまで経験したことのない強い思いが、ふつふつと湧いてくる。

抑えようとすれば溢れ、忘れようとしても思い出してしまう、熱を帯びた感情が……。

「……銀耀様……」

ふと。思いがこみ上げるままに、その御名を口にしていた。それが呼び水になったように、「お会いしたい」「お顔が見たい」という気持ちが、むくむくと膨らんでくる。

「銀耀様。銀耀様……」

名前を呼ぶたび、鼓動が跳ねた。胸を焦がす熱はもう、身体中に沁みている。火照った頬を冷まそうとして、文机に突っ伏したそのときだった。

「呼んだか？　思羽」

「――はっ」

いつの間にか銀耀が部屋におり、思羽のそばに立っていた。さっきまで赤かったであろう顔が、焦りでさっと青ざめてゆくのがわかる。

「しっ……、失礼いたしました。お許しください、王様」

「どうした。なぜ謝るんだ？」

「ご本人がいらっしゃらないからと、お名前をお呼びするなんて……」

「別に謝るようなことではない。……まああんなに悩ましげな声で、しかも何度も呼ばれるとは思わなかったが……よほど私に親しみを感じているのだな」

「っ、それは……」

一度は冷えた顔が、今度は耳朶まで熱くなった。どうやら銀耀は部屋に入ってもすぐに声をかけずに、しばらく観察していたらしい。

「いいものを聞いた。おかげで気分が晴れた」

「……なにかあったのですか？」

とっさに頭をよぎったのは、ついさっきまで考えていた鳳慈母のことだった。だが銀耀は「おまえのせいだぞ」とムッとしたように言う。

「今日、俶兄上がいる邑城へ行ったらしいな」

「あ――はい」

真奇から話を聞いたのだろう。思羽が過去の事件に首を突っ込んだと知って、気分を害したのかもしれない。

「勝手なことをして、申し訳ありません」

「まったくだ。おまえはもっと私の気持ちを思いやるべきだろう」

「……おっしゃる通りです」

思羽は平謝りしながら、軽率な行動を猛省した。

銀耀がもうひとりの兄の存在を隠していたのは、思羽に教える必要がないと判断したからだ。

それをこそこそと嗅ぎ回るような真似をされ、不愉快に思わないはずがない。

　この件に関わらせてほしい、真相を解き明かしたい――そう伝えたら、銀耀はますます立腹するだろうか。

「出過ぎた真似をしたことをお許しください、王様。ですがわたしにはわたしなりの、思いというものもございます」

「おまえの……想いだと？」

　一転して強く出た思羽に動揺しながらも、銀耀はいっそう険しい顔で言い切った。

「おまえの想いより、私のほうが大きい」

「なっ……」

　怒りの大きさに怯みかけたが、めげてはいけないと自分を鼓舞した。もし本当に知られたくないことなら、真奇が思羽を俶に会わせるはずがないのだ。

「非礼は心からお詫びいたします。ですがこれは、真奇様のお心遣いでもあるのです」

「すでに真奇は叱ってある！」

　そのひと言で思羽はさすがにたじろいだ。

「そんな、王様……真奇さんはなにも悪くありません」

「真奇をかばうな、思羽。私より先に思羽と二人きりで出かけるとは、あまりにも配慮が足りないではないか！」

「…………。えっ？」

怒りの矛先が微妙にずれているような気がして、思羽は思わず聞き返した。

「もしかして……わたしが真奇さんと出かけたこと自体が、お気に召さないのですか？」

過去を探るような真似に腹を立てたのではなく？　と尋ねると、銀耀はきっぱりと言った。

「そうだ。それ以外になにがある？」

当たり前のように返され、訳がわからなくなってしまった。だが、銀耀は憤懣やるかたない様子でまだぶつぶつと言っている。

「輿を使うのはまあよい。問題は舟だ。おまえにとって、はじめての舟旅だったのだろう？」

「は、はい。そうです……わっ」

答えたそばから銀耀は膝を乗り出し、二人の間の距離をぐっと縮めてくる。

「なら……真奇にとられたのは、やはり口惜しい」

言いながら、端整な顔がもどかしそうに歪んだ。

「これは嫉妬だ、思羽。私はおまえのはじめてでありたいし、特別でありたい。私にとってのおまえが、常にそうであるように」

「王様にとってのはじめて……わたしがですか？」

「そうだ。十年前、私はおまえの言葉に目を開かれて、自分の中に眠る悔しさに気がついた。そしていまは……未知の想いに翻弄されている」

言って、銀耀はせつなげに眉を寄せた。

「私はおまえのことになると、なにひとつ譲れなくなる。おまえを傷つける者は許せないし、本当は……私以外の者の目に触れさせたくない」

なんと狭量な王かと自分でも呆れる、と銀耀は自嘲した。しかし、目は本気だ。

「私は冷遇されていたとはいえ、王族として恵まれた環境で育った。それゆえ、大抵のものは惜しみなく差し出せる。だが思羽……おまえだけは、誰にも渡せない。絶対に渡したくない。

——こんな感情は、生まれてはじめてだ……」

『あんたは王様にとって、初恋の相手みたいなもんだ。大切にして当たり前なんだよ』

真奇が言ったことは、真実なのだろうか。誤解でも勘違いでもなく本当に、思羽が初恋だと言うのだろうか？

熱を孕んだ眼差しを受け止めると、さっきよりも強く心臓が脈打った。目を逸らした途端、腕の中へと囚われる。

「王様……、お戯れを」

「だめだ。逃げるな」

極上の絹のような美声が、思羽に甘い命令を下した。

「おまえはいつもそうだ。私に美しく微笑みかけておきながら、捕まえようとするとするりと逃げてゆく。鈍感なのも初心だと思えば可愛いが、どうやら私はあまり我慢が利かぬようだ。あまり焦らされると——泣かせてしまうかもしれない」

声から滴る男の艶気が、身体の奥まで沁みてくる。さりげなく耳朶を食まれ、たまらず身をよじった。

「っ、王様、くすぐった……」

「――銀耀と。さっきおまえも呼んでいただろう」

「……っ……」

名前を呼びたいという衝動が、胸底から突き上げてくる。けれど本人の前で呼んだが最後、後戻りできないという直感があった。恩以外の気持ちに、確固たる名前がついてしまうという直感が。

自覚したら苦しむのは目に見えている。ひとりで生きねばならぬこの身で誰かを想うのは、決して満たされない孤独を抱えるのと同じことだ。

「……思羽？」

思羽の身体が硬くなったのに気づき、銀耀が怪訝そうに顔を覗き込んでくる。

「できません、王様」

「なぜだ」

「呼んでしまったら……わたしの分不相応な気持ちが、抑えきれなくなるからです」

「分不相応などと言うな」

私を慕っているのだろうと、銀耀が目で問いかけてくる。だが思羽が想いを寄せられぬ理由は、身分や立場の違いだけではなかった。

銀耀とて知らぬはずがないのだ――王と、読香の力を持つ者が保つべき距離のことを。

「恐れながら、王様。わたしからひとつ、質問がございます」

「……申せ」

「『目に豆の殻がかぶる』、という諺をご存じでしょうか？」

急になんの話をするのかと、銀耀は面食らった顔になる。

「『あばたもえくぼ』、『愛してその醜を忘る』、『恋すれば色の文目もわきまえず』……。恋をすると人は判断能力を失うと教える諺は、古今東西枚挙に暇がありません」

「思羽……なにが言いたい」

「もしもわたしが恋をしたら、きっと鼻に豆の殻が詰まるでしょう。人の本質を見誤るようになったら、やがて大きな悲劇につながってしまいます。……紫香嬪様のように」

「…………」

思羽の言わんとすることを察し、銀耀が神妙な面持ちで口を噤んだ。

滋羅国の初代香嬪である紫春鈴は、異能を用いて多くの功績を残している。しかし同時に、とある事情から悪女として語られる人物でもあった。

王は春鈴を寵愛し、春鈴もまた、王を深く愛した。王は毎晩のように彼女のもとへと通い、ほかの妃嬪たちには見向きもしなくなったという。

春鈴が単なる側室だったら、後宮内の争いで終わった話だろう。だが二人の恋は政に深刻な影響を及ぼした。春鈴は王を愛するあまり嗅覚が鈍り、正確な鑑定ができなくなったのだ。

「王に媚びへつらう者だけを忠臣として讃え、諫言する者は謀反を企む奸臣として罰した……その結果政道が乱れたことは、王様もよくご存じのはずです」

『天香嬪伝』には春鈴の活躍や、王との純愛も描かれている。しかし完全な英雄譚ではなく、幸せな婚姻譚でもない。「天与の力の使い途を誤るな」という教訓を示す物語なのだ。

幼い日に訪れた憐香廟――歴代香嬪の魂が眠るその場所に、春鈴の位牌だけがないのもまた、恋に溺れた彼女への罰だと言えよう。

以後、王室は読香の力を持つ娘に香嬪の位を与えても、王と情を交わすことは許さなかった。二代目以降の香嬪は皆、形だけの妃だったのである。

「むろん『わたしは香嬪も同然だ』などと、思い上がるつもりはありません。ですがわたしに読香の力があり、芳春殿に置いていただいている以上、掟に背くわけにはいかないのです」

「万が一にも、私に恋をしたら困る……ということか」

銀耀がゆっくりと口を開いた。

「名前を呼ばぬと決めることで、私との間に一線を引きたいのだな」

「……はい」

「なるほど。……鼻に豆の殻、か……」

銀耀は気勢を殺がれた様子でふっと息を吐いた。独りごちる声にも力が感じられない。

「おまえの言い分はわかった」

「ご理解いただきまして、ありがとうございます」

「礼を言うには早いぞ思羽。確かに理解はしたが、納得はしていない」

「……はい？」

間の抜けた返事をした思羽を見て、銀耀は唇に不敵な笑みを浮かべた。

「ただで引き下がるつもりはないということだ。今日のところは添い寝で我慢するとしよう」

「そ、添い寝？」

一瞬、聞き間違いかと思った。しかし銀耀はすぐさま女官を呼びつけると、「今日はここで休む」と言って寝衣と寝床を用意するよう命じる。

「どういうことでしょう、王様」

「どうもこうもない、一緒に寝るだけだ。おまえが私に特別な感情を持っていないなら、別に構わないだろう？」

いつもの調子を取り戻した銀耀に、状況を逆手に取られて返す言葉に詰まる。

「で、ですが。恥ずかしいですし、そういうのはよくないと……」

「なにを照れることがある。つい先日も震えるおまえを、この手で抱いてやっただろう」

「な……」

床を延べていた女官の手が、ぴた、と止まったように見えた。ああ絶対に勘違いされていると思ったものの、女官は手早く仕事を終え、弁解する隙もなく下がってしまう。

「なんてことおっしゃるんですか、もう！　誤解されてしまったではないですか」

「いまさらだな、思羽。王の想い人もわからぬようでは、宮女は務まらん。私の気持ちなど、芳春殿に仕える者は全員が心得ているだろう」

今夜の噂もすぐに回るぞと言われ、思羽はまたもや熱を持った頰を両手で覆った。とてもじやないが、銀耀には敵わない。

「来い。寝るぞ」

「は、はい……あ、王様、お待ちを」

銀耀が自分で寝衣に着替えようとするので、背中に回って手伝う。普段も女官にさせていることだろうに、「積極的だな」と言うところは意地が悪い。

灯りを落として布団に入ると、すぐに銀耀が身体を寄せてきた。仰向けに寝る思羽のほうを向き、頬の形を確かめるように指でなぞる。

その微かな動きで、ふと、甘やかな香りが立った。

——銀耀様……。

呼べない名前は、言えない想いだ。胸に仕舞うとしくしく痛んで、その存在を訴える。

——呼べなくてごめんなさい。でも、本当はおそばにいたい……。

寝返りを打つふりをして、そっと銀耀に身を寄せた。ずるいとわかっていたけれど、許してくれると信じている。

「……そういうところが罪作りだと言うのに」

思羽を胸元に抱き寄せる腕は、やっぱり優しい。互いの体温で身体が温もると、忍冬の芳香がよりいっそう強くなる。

香りの褥は思羽の胸を甘く疼かせ、なかなか眠ることができなかった。

五章

鳳慈母と氷貴人の因縁について、銀耀と話せないまま数日が過ぎた。

どうも政務が立て込んでいるらしく、あれ以来芳春殿に姿を見せないのだ。

「きっともうすぐいらっしゃいますよ、思羽様」

「お寂しいでしょうが、お心を強くお持ちください」

「は、はい……」

芳春殿では銀耀が言った通りに噂が駆け巡ったようで、思羽はすっかり女官たちから「王様の想い人」として扱われていた。政変後、久々の明るい話題として歓迎されている節もあり、否定する機会を逃してしまったせいもあるだろう。

やたら着飾らせようとされるのだけは困るのだが、事情通でもある彼女たちとの会話は、宮中のことを探る上で大いに役立った。

しかも寝殿に勤める藩女官長からは、俶の話を聞くこともできたのである。

「ええ、よく覚えておりますとも。利発な王子様でいらっしゃいましたよ」

藩女官長は、当時十五歳。膳房に入ったばかりの見習い女官だったという。

「薬膳食にご興味がおありだったようで、膳房でいろいろと尋ねられていましたよ。『王子が膳房に入るなんて』と教育係に窘められると、『なぜいけない』と反論なさって」

食を学ぶことのなにが悪い、我らが健康でいられるのはこの者たちのおかげではないかと、教育係を言い負かしたこともあるらしい。

俶はすっかり膳房長のお気に入りとなり、よくこっそりと菓子をもらっていたという。

「特に花煎がお好きだったようで、よく弟君様……当時の銀耀王子様と、武官の真奇殿と三人で仲良く召し上がってらっしゃいました」

微笑ましい思い出です、と回顧する藩女官長の表情に、ふと影が差した。「……あんなことが起きるなんて、いったい誰が想像したでしょう」

「藩女官長は冰貴人様の事件をご存じなのですね」

思羽の問いに、ええ、と顔を伏せた。

「私ども下っ端はなにもわからないまま、冰貴人様の処刑が決まっていました。告発も審議も、本当にあっという間で……」

側室の不貞騒ぎともなれば、王統の真偽にも関わる大事件だ。関係者の証言を吟味し、状況を検証した上で、慎重に判断を下す必要がある。だが実際の審議は見習い女官でさえ驚くほど早く終わったというのが、やはりどうにもきな臭かった。

夫である真成王が激情に駆られ、性急に決着をつけたがったのか。もしくは誰かがそうなるように、意図的に仕向けたのか――。考えれば考えるほど、闇は濃く深くなってゆく。

「ご兄弟がいまも王宮に揃っていらしたら、王室も安泰だったでしょうに……」

残念です、と呟く藩女官長の声は、あたりを憚るように小さくなった。

銀耀が鳳慈母を疑っていることを、彼女が知っているかは定かではない。けれど表向きは冰貴人の不貞という判決が出ており、そこに鳳慈母が関与した形跡は影も形もなかった。下手なことを言えば、罰せられる恐れもある。

黒幕と思しき人物が存命だということは、真実を解き明かす可能性が残されていると同時に、新たな犠牲が出る危険性もあるということだ。

生半な覚悟では関われないと、あらためて気を引き締める。

生まれたときから冷遇されてきた銀耀にとって、大事な理解者であっただろう俶を突然奪われたその胸中を思えば、怖じ気づいてなどいられなかった。

思羽は藩女官長を訪ねたその足で、そのまま官庁が集まる区画へと向かった。

行き先は義禁府──重罪人の取り調べを行う官庁である。真奇を通じて義禁府の役人に話をつけてもらい、過去の事件記録を読ませてもらうことになっていた。

資料によると不貞があったとされたその日は、長患いしていた冰貴人が医女の診察を受ける予定だったらしい。通常は内医院に所属する医官が妃嬪の診察を行うところを、一向に回復の兆しが見られなかったため、王宮外から特例で招聘することになったと記録にある。

しかし冰貴人の寝所を訪れたのは、医女ではなく姜道晨という男性医師だった。冰貴人付き侍女の証言によると、姜医師が診察を終えて出てきたのは、一刻ほど経ってからだったという。

後日これを知った鳳王妃が「手違いとはいえ由々しき事態」だと、医師と二人きりになった冰貴人を糾弾。そこに冰貴人付きの侍女が「姜医師に脅され、寝所を追い出された」と証言し、不貞疑惑が告発されたのである。

真成王は激怒した。氷貴人は義禁府に身を預けられ裁きを受けることとなったが、形式的なものに過ぎなかったようで、罪状認否の答弁記録にも「否認」としか残されていない。関係者への聞き込みや取り調べも、ほかの重大事件と比べて極端に回数が少なかった。

氷貴人は廃妃となり、翌朝、刑に処されたとある——。

待ちかねた来訪者は、その晩、芳春殿にやってきた。

「お待ちしておりました、王様」

「嬉しい言葉だ。……なにか書き物をしていたのか？」

「はい。十七年前の件について、わたしなりに整理をしていました」

銀耀が目をやった文机の上には、一枚の紙がある。義禁府の資料は持ち出せないので、自分で関係者の名と行動を書き留めたのだ。

「……調べたのだな」

尋ねる銀耀の声は、重い。

「はい。真奇さんのお口添えで、義禁府の文書保管室に入れていただきました」

勝手な真似をお許しください、とまずは手をついて詫びた。

「王様が俶様の復位を切望されていると知って、見て見ぬふりはできませんでした。藩女官長にもお話を伺ったんです。ご兄弟と真奇さんで仲睦まじく、花煎を召し上がっていたと」

「……。花煎か……」

昔を思い出したのだろうか。ぽつりと呟くその表情は、わずかだが幼く見えた。

「恐れながら……俶様は王様の、大事なご家族だったのだと思いました。わたしに兄弟はおりませんが、家族を失う寂しさは知っているつもりです」

取り戻せるなら取り戻したい、という気持ちも——と心の中で言い添える。

「どうかわたしに、王様の願いを叶えるお手伝いをさせてください。お願いいたします」

「思羽……」

ふたたび頭を下げた思羽の肩に、銀耀の手がそっと触れた。促されて顔を上げると、力強い光を宿す瞳がふと、心細げにゆらめく。

「おまえは私の痛みに気づいてくれたのだな。……ありがとう、思羽」

少し長くなるが、当時のことを話そう——。そう言って銀耀は居ずまいを正し、思羽の書き付けた紙を手に取った。

十七年前。滋羅国王宮では、王太子の座を巡る争いが熾烈を極めていた。

候補者は二人。ひとりは鳳王妃の息子、瓊樹。もうひとりは冰貴人の息子、俶である。

王太子の選考は本人の資質以外にも、母親の存在が大きな影響を及ぼすという。母親の身分や実家の格が高く、王の寵愛が深いほど有利と言えるらしい。

「つまり私は最初から蚊帳の外だった、というわけだ」

王太子位を巡る争いが白熱していたころ、銀耀の母親はすでに他界していた。そもそも後宮内における地位が低かったことは、以前聞いた通りである。

対して、瓊樹と俶の条件は互角だった。

鳳王妃は過去高官を何名も輩出した名家の娘であり、氷貴人は王族を祖先に持つ由緒正しい旧家の出である。王子本人たちの素養も申し分ないと思われており、宮中も瓊樹を推す勢力と、俶を推す勢力とに二分していた。

官僚たちにとっても出世がかかった大勝負だ。支持する王子が勝利すれば要職、敗北すれば閑職が待っている。

「王宮全体を巻き込んだ争いだったのですね」

「ああ、その通りだ。しかも鳳王妃の父親は、当時の左議政――官僚たちの長である領議政に次ぐ地位にあって、大きな発言力を持っていた。これを利用した王妃は後宮にいながらにして、官僚たちを意のままに操ったのだ」

鳳王妃の頼みを聞けば、左議政の覚えがめでたくなる。出世や厚遇と引き換えに彼女の手足となった者らが、医女と男性医師をすり替えた……というのが銀耀の見立てだった。

「氷貴人をかばう者はいなかった。俶兄上を支持していた官僚たちでさえ、『この大事な時期になんという不始末を』と責め立てたそうだ」

「……真奇さんから聞いたお話では、とても懐の深い方のようでしたが……」

「ああ、そうだな。旧家の出にしては珍しく……と言ってはなんだが、明るく気性のさっぱりした方だった。嫁いできてからずっと、父に尽くしてくれていたと思う」

　父王が氷貴人と二人でいるところを、幼い銀耀もよく見ていたらしい。

「公の場では鳳王妃を立てていたし、後宮の流儀は心得ていらしたはずだ。……が、そもそも権力欲というものがなかったんだろう。後宮女官たちも皆、鳳王妃の味方だったようだ」

　自分には王がいれば、ただそれだけでよい。その一途さと潔さが王を魅了したのだろうが、深すぎる寵愛が仇となり命まで奪われることになったのは、あまりにも悲しい因果だった。

「真成王様は、氷貴人様の釈明に耳をお貸しにならなかったのですか？」

「耳を貸すどころか、激昂したらしい。愛情が大きかったぶんその反動で、裏切られたことが許せなかったのかもしれないな」

「でも……医師と二人でいるところを見たわけではないのに……」

「見ていなくても信じざるを得ない証拠が出たんだ。氷貴人の寝所には情事の痕跡があった。男の体液だ」

「えっ――……」

　生々しい話に、つい硬直してしまう。銀耀を全面的に信じている思羽でさえ、「まさか」と驚愕を覚えるほど強烈な証拠だった。

「しかも氷貴人と医師は幼馴染みで、輿入れ直前まで交流があったらしい。旧知の仲である男に身を任せたんだろうと、いかにもそれらしい筋書きが作られたわけだ」

瓊樹派の官僚たちは鬼の首を取ったように騒いだ。過去に遡って二人の関係に疑念を抱き、「生娘だと偽って入宮したのではないか」と憶測で中傷する者さえ現れたという。

ただでさえ衝撃を受けていたであろう真成王が、どれほどの絶望を味わったかは想像に難くない。取りすがって弁明する寵妃を足蹴にし、投獄を命じる様子が目に浮かぶようだった。

しかし——。

「それも鳳王妃様が仕組んだことだと、王様は考えていらっしゃるのですね？」

逆上した王が性急に処罰を下すのを見越して、あえて焚きつけるような状況に仕立て上げたのだと。

「そうだ。父に医女を推挙した医官をはじめ、この件に関わった者たちは皆、鳳王妃の息がかかった人物だったと調べがついている。……肝心の医師だけは、消息不明のままだが……」

銀耀は書付上の「姜道晨」という名前を指した。

「悪事の露見を恐れて逃亡したとみなされているが、私にはそうは思えない。事件発覚時も、不自然なほど早々に捜索が打ち切られている」

「見つかったら都合が悪いから……ですね」

だろうな、と銀耀はうなずいた。

「氷貴人の侍女は、事件のあとすぐ宿下がりしたらしい。居場所を見つけるのにも、ずいぶん骨が折れたのだが……」

「では、見つかったのですね？」

「ああ。口封じで殺されてはかなわぬから、これまで接触を避けてきたがな。いまなら、私の裁量で保護することができる」

侍女が証言を取り下げなければ、判決を覆すことはできない。彼女との話し合いは、再審の重要な鍵となるだろう。

「侍女は脅されて偽証した可能性が高い。だが鳳王妃の……つまり義母上の報復を恐れて、口を噤むことも充分ありうる。そんな状況で再審をするのは、冰貴人の罪を決定的にしてくれと言っているようなものだ」

冰貴人の潔白を証明するには、侍女の自白が不可欠である。――ならばやはり、自分が力になれるに違いないと確信した。

「王様……どうか、わたしの力を使ってくださいませんか」

「おまえの力を？　……どうやって？」

「冰貴人様の侍女を鑑定するのです。もし彼女の心に良心が残っていれば、それに訴えることができるかもしれません。……秘密を抱えるのは本来、とても苦しいことですから」

罪悪感を伴う秘密であればなお、侍女の重荷となっているはず。楽になりたいという気持ちが勝れば、真実を打ち明けてくれるかもしれない。

「…………」

思羽の提案を聞いた銀耀は、難しい顔で黙り込んでしまった。

「あまりよい案ではなかったでしょうか……？」

「いや──妙案だとは思う。ただ、おまえが養父母から鑑定を強要され、苦しんできたことを考えると……どうにも気が進まない」

「そんな……あの人たちと王様は、全然違います……っ！」

「しかし、おまえに苦痛を味わわせるなら同じことだ」

良心の呵責を利用して秘密を告白させることに、躊躇う気持ちがないわけではない。侍女の弱みを突くことで、思羽もまた後ろめたさで胸が痛むだろう。

銀耀にはそれがわかっているのだ。わかっているからこそ、思羽を守ろうとしてくれている。

──真奇さんの言っていた通りだ。王様はわたしのことを、心から大切にしてくださる……。

それだけでもう、充分だと思った。思羽の痛みはすでに、思羽ひとりのものではない。

心ない言葉に傷ついた過去も、生きる意義を見出せなかった日々も、今日という日のためにあったのだと思えば、すべてこの身に受け入れられる。

「……王様のお為になるなら、苦痛は苦痛ではありません」

強がっているわけでも、虚勢を張っているわけでもなかった。銀耀がそばにいてくれるなら、苦痛とさえ認識しないだろう。

「わたしはいま……生まれてはじめて、自分の力を使いたいと思っています」

ほかの誰でもない、銀耀のために──大事な人を助けるために。

「……いいのか。本当に」

「はい。もう迷いはありません。王様の願いは、わたしの願いです」

その言葉に銀耀の目が、まっすぐ思羽に向いた。わずかな逡巡の間を置いて、決心したようにゆっくりと口を開く。

「――……わかった。思羽、おまえの力を貸してくれ」

「……はい！」

沸き立つような喜びに、胸が熱く燃え上がった。思羽の「特別」でありたいと言った銀耀の気持ちが、痛いほどわかる。

この人の特別になりたい。お役に立ちたいし、守って差し上げたい。その役目は誰にも――たとえ真奇や俶であっても、絶対に譲りたくなかった。

「……銀耀様……」

胸の奥深くに仕舞ったはずの名前が、知らぬ間にほろりとこぼれ落ちる。

「思羽……もう一度聞かせてくれ」

熱情の滲む眼差しを注がれ、切なる想いが湧き上がった。

呼べば後戻りはできない。するつもりは端からない。これは恋だ。恩や忠誠心やほかの言葉に置き換えるなんて、絶対にできない。

「銀耀様……」

心を込めて名を呼ぶと、瞬きの間に唇が重なった。

「ん……」

はじめて味わう柔らかな感触に、身体がふわっと浮いた心地がした。

そっと髪を撫でられ、呆気なく唇が離れる。惚けた顔をしていたのだろう、銀耀がくすりと笑ったように見えた。

吐息がかかるほど近くに美しい顔があり、視線はどうしても口元に吸い寄せられる。

気恥ずかしさでうつむくと、顎に銀耀の長い指が触れた。つ、とごく軽い力で上を向かされ、ふたたび目と目が合う。

心臓が期待で小さく跳ねた。銀耀は顔を斜めにして、静かに近づいてくる。

口づけの間合いに入ったのだとわかり、待ち受けるようにして目を閉じた。来る、と思うと同時につい息を止めてしまった、その瞬間。

「……え?」

目を開けると、銀耀が思羽の鼻をむにっと摘まんでいた。

「な……なにを……?」

鼻風邪を引いたような声で問うと、指がぱっと外される。銀耀は至極真面目な、それでいてどこか芝居がかった面持ちで言った。

「すまない。一応、確認したほうがよいと思ってな」

「確認、とは……?」

「おまえの鼻に豆の殻が詰まっていないか——と」

「あ、そ、それは……!」

鼻に豆の殻が詰まる。それは以前、銀耀への恋心を認めるわけにいかなかった思羽が、自ら

を戒めるために持ち出した言葉だった。

あのときは真剣そのものだったけれど、こうなってしまうと妙に恥ずかしい。銀耀は「どうやら大丈夫そうだな」と、仕返しが成功したような顔で笑う。

「ん……」

今度こそ、しっかりと唇を塞がれた。顔を傾けてさっきよりも深く合わさると、胸が灯火を点したように熱くなる。互いの気持ちも重なったのだと、はっきりと感じ取れた。

周りから音という音が遠のいて、とくとく、とくとく、と高鳴る心音が聞こえる。食むように啄まれると、甘くせつない波が押し寄せて止まらなかった。

「ふ……っ、ん……」

愛しさの赴くまま唇を押し当てると、銀耀に強く抱き寄せられた。思羽もその広い背中に腕を回し、力一杯抱き締める。

「思羽……」

名前を呼んだその唇が、額、目元、頬へと順番に降りてくる。まるで自分が宝物になったと思わせてくれるような、愛に満ちた温かい接吻だった。

「私に恋をしろ。誰が禁じようとも、私が許す――」

熱に浮かされたような銀耀の囁きに、思羽もまた夢見心地で「はい」と答える。

甘い命令に背く理由はもう、ひとつも見つけられなかった。

六章

　義禁府で調べ物をしてから数日後、思羽は真奇と一緒に街外れの布屋を訪れていた。

　氷貴人の元侍女は林彩恩といって、現在この商店でお針子として働いているらしい。

　さほど広くない店内はそこそこ混んでいる。思羽と真奇は客と店員の邪魔にならないよう、色とりどりの絹布が積まれた棚の間で、客足が落ち着くのを待っていた。

「姜医師の行方を捜し始めたって聞いたぞ。どうだ、見つかりそうか？」

「いえ……実は出だしからつまずいてしまいました。まず手始めに恵民署の名簿を調べようとしたのですが、肝心の閲覧許可が下りなかったんです」

「へっ？　なんで？」

「養父母が薬種密売容疑で捕まっている間は、養子であるわたしも事件関係者だからと……」

　庶民に対する医療全般を管轄する恵民署には、市井の医師や薬種商を登録した名簿がある。思羽はそれを使い、姜医師とつながりのありそうな人物を洗い出すつもりだったのだ。

　取っかかりにしようと思っていたものが、いきなり使えなくなったのは正直痛い。

「いま、わたしは事件に無関係だと証明するために、手続きを取っているところなんです」

　それがまたけっこう複雑で……と話す思羽に、真奇は「それならおれが口利きしてやるよ」と事もなげに言った。

「楚夫妻を検挙したのはおれだし、あんたが関与してないってことも証言できる。あの屋敷でどんな暮らしをしてたかは、記録にも残してあるからな」

「あ……ありがとうございます。助かります……！」

手を合わせて拝んだ思羽を見て、「いいっていいって」と真奇は笑った。

「はりきってるな、思羽。やっぱり好きな男のためだと、気合いの入り方も違うのかね」

「……。えっ？」

思いもよらぬ返しに、思羽は岩のように固まった。

「な、なにを……」

「接吻したんだろ？」

「ちょ……っ！」

思羽はとっさに周囲を見回した。店内は数組の客が残っていたが、幸い二人の話し声を気に留めた様子の者はいない。

「なんで真奇さんが知ってるんですかっ」

「なんでって。報告されたから」

「報告!?　まさか、王様から……？」

「あれっ。名前で呼んでるんじゃないの」

「〜〜〜……っ」

「まあ報告というか、牽制だったなあれは。間違っても変な気を起こすなよ、って」

そんな会話が交わされていたとは露知らず、思羽は恥ずかしいやら気まずいやらで真奇の顔を直視できなかった。わざわざ報告しなくてもいいのに……とさすがに抗議したくなったが、ひょっとしたら「はじめての舟」を取られた件がまだ、尾を引いているのかもしれない。

「けど、この程度で照れてる場合じゃないぜ？　王様はたぶん今日の重臣会議でもう、あんたのことを話してる。……あ、接吻のくだりとかは抜きでな」

真奇の表情はいたって真面目で、だからこそ思羽は血の気が引いた。

「なっ……重臣会議だなんて、なぜそんなことを……？」

「そりゃ、あんたを正式に香嬪にするつもりだからに決まってるだろ？」

「えっ――……こ、香嬪？　正式に……？」

目を白黒させて狼狽する思羽に、「おいおいしっかりしてくれよ」と真奇がわざと呆れたように言う。けれど、これがあわてずにいられようか。

「で、でもそれはなんというか、その……気が早すぎると言いますか」

「遊びじゃなくて本気なんだから、早いも遅いもないと思うけど？」

王様が真剣なのはわかってるんだろう、と言われては思羽も反論できなかった。銀耀の誠実さを疑う気持ちは微塵もない。――だが、

「男のわたしが香嬪になるなんて、認めていただけるのでしょうか……」

「ま、そのへんはまだなんとも言えない」

真奇は思案げな表情で腕を組んだ。

「しかも形式的な妃なんかじゃなくて、好きな相手を娶ろうっていうんだ。まあひと筋縄じゃ

いかないよな」

「……はい」

この先険しい道のりが待ち受けているのは、まず間違いないだろう。官僚たちは以前、思羽を芳春殿に迎えると聞いただけで、難色を示したのだ。

もしも彼らが納得しなければ、引き離されるのは必至――そんな不安が痛みとなって、胸をぐっと締めつける。

黙ってしまった思羽を見て、真奇は店内に目を向けた。いつの間にか客の波は引いており、若い女の店員が「なにかお探しですか」と声をかけてくる。

「悪いが客じゃないんだ。林彩恩に会わせてくれ」

店員が取り次ぎに応じるより早く、店の二階から誰かが階段を下りてきた。

「ねぇ、さっきのお客様の採寸だけど……」

お針子と思しき三十代半ばの女性が、思羽たちの存在に気づいて小さく会釈する。店員が「彩恩さんにお客さんですよ」と告げたことで、彼女が元侍女だとわかった。

「……どちらさまでしょう？」

「王宮から来た、武官の真奇だ。十七年前のことで、少し話がしたいんだが」

これは王命だ――と続けた真奇の言葉に、彩恩の顔色が瞬く間に白くなる。

思羽たちは階段を上がって、二階の裁縫部屋へと通された。雑多な布や色糸が散乱しているが、人目につかないのは好都合だ。

裁断中と思しき鮮やかな桃色の絹布に、針や裁ちばさみなどの裁縫道具を片付けて座る場所を作る彩恩は、元王宮勤めだけあってさりげない所作が美しい。しかし、迷惑そうな表情を隠そうとはしなかった。

「仕事が残っていますので、手短にお願いいたします」

「こっちもそのつもりだから単刀直入に言おう。このたび即位なさった銀耀王様は、冰貴人様の不貞事件について、疑念を抱いておられる」

「王様が……？　いまさらなぜです」

「終わったことにしたい人間がいるだけで、王様にとっては『いまさら』じゃない。それに、冰貴人様は亡くなったが、その御子様はご健在だ。わずかでも冤罪の可能性があるなら、捨て置くことはできない」

「ですが……お話しできることは、なにもありません」

「それはこっちが判断する。あんたは訊かれたことに答えるんだ」

真奇は彩恩の拒絶をものともせず、毅然とした態度で命じた。まずはこちらから当時の状況について質問し、それに答える彩恩を思羽が鑑定する――というのが事前に決めた段取りだ。

「……かしこまりました」

渋々承諾した彩恩ではあったものの、質問にはきっちりと答えていった。事件当日の冰貴人の体調や、姜医師が寝所にいたとされる時間も、記録に残る証言と食い違う部分はない。意図的に威圧感を出す真奇に対しても、必要以上に怯えている様子は見られなかった。

冷静な受け答えをする彩恩を見つめ、思羽も読香に意識を集中させる。……するとすぐに、紫蘇の香りが鼻に届いた。

料理の皿も食材の類も、どこにも置かれていない。彩恩が声を発するたびに、香りは微妙に変化している。

——うん、間違いない。これが彼女の香りだ……。

意志の強さを想起させる、際立って清涼な芳香だった。この香りが真奇との会話でどう変わるかを読み取れば、彩恩が秘めている感情がわかるはずだ。

「あんたの目から見た冰貴人は、不貞を働くようなお方だったか？」

「さあ……貞淑に見える人物が『実は』ということは、よくありますでしょう」

「なら、貞淑には見えていたと？」

揚げ足取りのおつもりですか、と彩恩は不快そうに言う。

「お仕えしたのは半年程度ですので、お人柄についてはわかりかねます。侍女になるのははじめてでしたから、目の前の仕事をこなすのに精一杯で」

「そうか？　献身的に仕えていたように見受けられるが」

「見てもいないのに、なぜわかるのです」

「あんた、刺繍を教えて差し上げただろう」

「………」

はじめて彩恩の回答に間が空いた。が、すぐに立て直して言葉を続ける。

「忘れてしまいました。必要最低限の会話しかいたしませんでしたし、思い出と呼べるようなものもございませんから」

「ふうん。まああんたは覚えてないかもしれないが、事実としてあるんだよ」

ほら、と真奇が手渡したのは巾着だ。中途半端にやりかけたものではあるが、太陽と三足烏の刺繍が施されている。王と王を守る神鳥という、伝統的な柄だ。

「冰貴人は書にも歌にも秀でた方だったが、裁縫が苦手でいらっしゃった。それでも真成王様に贈り物がしたいとお思いになって、針房から異動してきたあんたに教えを請うたんだ」

「私がお教えしたという証拠は……」

「手本の刺繍も一緒に残されていた。意外と癖が出るんだってな、こういうの。腕のいい針房女官だったあんたの刺繍だって、当時の同僚から裏が取れてる」

彩恩はじっと巾着を見つめていた。沈黙が長くなるほど、紫蘇の香りが弱くなる。

「冰貴人様は病身を押してひと針ひと針、真成王様のお為を思って縫っていらしたんだろう。起き上がれないほど身体がおつらかった日も、針をお持ちになったかもしれない」

刺繍という証拠はあれど、冰貴人の内心については、真奇の想像の域を出ない。だが、真奇はあえて彩恩の良心を刺激するような話をしているのだ。

――香りが変わった……！

紫蘇の芳香に混ざって、水気のある匂いが漂った。空気を湿らせる感じは雨と似ているが、より人を寂しくさせるように思える。

覚えのある匂いだった。

ずっと昔に嗅いだ匂いが、忘れ得ぬ香りが、古い記憶を連れてくる。

『わかりました、ははうえ。わたしはひとりでもへいきです』

『……、思羽……』

母が言葉を呑み込んだ、あの日。幼かった思羽は確かに、せつない香りの欠片を感じた。

当時の母はいったいどんな思いで、思羽に強さを求めたのだろう。

友も伴侶も作らず、たったひとりで生きる――。それがどれほど酷なことなのか、大切な人ができたいまの自分にはとてもよくわかる。

年端もゆかぬ我が子に、酷な人生を送れと言った。それが息子を守る唯一の手立てであり、言い聞かせるのが母の義務だと信じて。

優しい母が悩まなかったはずがない。理と情の板挟みで、苦しんだに違いない。

あの心寂しい香りの正体は、涙だ。

強くあらねばならなかった母が、人知れず流した涙の香りだった――。

「いい加減にしてください！　あなたがたは私が偽証したという結論ありきで話を進めているだけではありませんか！　証拠だってないでしょう？」

彩恩が荒らげた声で、思羽は我に返った。

平静を装えなくなった彩恩の香りは、彼女の苦しみを表しているように思える。

「……彩恩さん。偽証の証拠となるかはわかりませんが、あなたが悩んでいることは充分伝わってきました。――あなたの香りから」

突然会話に割って入った思羽を、彩恩が怪訝そうな目で見た。

「……？　香り？」

「はい。あなたから漂う香りは、紫蘇のように清涼で強い。けれど話している途中で、それがすっと弱まるんです。まるで気持ちが折れて、泣いているかのように」

「なにを馬鹿な……私は泣いてなどいません。香りと言われても、なんのことだか」

「わたしには読香の力があります。人の本性を香りで読み取る能力です」

『天香嬪伝』はご存じですねと尋ねると、思羽を怪しんでいた彩恩がはっと表情を変えた。

「も、もちろん知っています……それに……かなり前に、噂で聞いたこともありました。読香する子供が久しぶりに都に現れたと……」

話しているうちに、思羽のしたことに気づいたのだろう。眼差しがキッときつくなる。

「つまり……あなたは、私の心を覗いたのですか？　勝手に？」

「……はい。十七年前の真実を知るために、必要なことだと判断しました」

鋭い目で睨まれても、退かずに答えられた。銀耀のためと思えば、思羽の心臓は鉄になる。

「昔、あなたと同じ匂いを……涙の匂いを感じたことがあります。その人は家族を守るために、つらい決断をしました」

家族、という言葉に彩恩の肩が揺れた。

「自分の気持ちを押し殺してでも、守らねばならないものがある……彩恩さんにもそんな存在があったのではありませんか?」

「………」

無言になったのは葛藤している証だろう。あとひと押しで落ちる、と思羽の気が逸る。

「証言を取り下げることで、大切な方たちに危害が及ぶのではとお思いなら、ご安心ください。彩恩さんとご家族の皆様のことは、王様が必ず守ってくださいます」

「家族を……守る……」

思羽の言葉に、彩恩はふっと目を伏せた。

「なんなんでしょう、家族って」

呟く声には力がない。思羽たちに問いかけているようでもあり、答えを求めていない独り言のようにも聞こえる。

「私にはもう守る家族などおりません。ひとりです、ずっと」

「……、あ……」

淡々とした声音に、思羽は手を誤ったのだと悟った。

紫蘇の香気はほとんど消えかかり、目は思羽を避けて遠くを見ている。香りと一緒に、生気まで失せてしまったようだった。

――どうしたらいいのだろう。どうすれば心を開ける……?

真奇が目顔で「大丈夫か」と尋ねてくるが、焦るばかりでなにも思いつかなかった。

裁縫部屋がしんと静まり返る。また店が混んできたようで、階下から騒がしい声が聞こえてきた。彩恩がいっそう疲れた顔で「もうよろしいですか」と立ち上がる。

「そろそろ仕事に戻らないといけませんので。お役に立てず申し訳ございません」

「……、はい……」

これ以上食い下がることはできなかった。真奇も思羽の失敗を察し、ポンと肩を叩く。

部屋を出て一階に下りると、さっきの店員が男性客を相手にしていた。

彩恩は男性客の顔を見て、ぴたりと足を止める。

「おぉ、彩恩。やっと来たか」

五十がらみと思しき猫背の男性客は、彩恩を訪ねてきたようだった。応対していた店員の肩をぐいっと押しやり、こちらに歩いてくる。

「知り合いか？」

「ええ、まあ……」

真奇に問われて彩恩は不本意そうにうなずいた。「なにしに来たの」と硬い声で尋ねているのを見ると、客ではないのかもしれない。

男は猫背をますます丸め、機嫌を伺うように彩恩の顔を見た。

「いや、昨夜は思いのほか負けが込んじまって。ちょっとばかり都合してほしくてなぁ」

「今日は無理。渡せない」

「父親につれないことを言うもんじゃないぞ。頼むから、な？」

思羽と真奇は顔を見合わせた。男は彩恩の父親で、娘に金の無心に来たらしい。

「……はじめてじゃないな、これは」

真奇の推測は当たっていたようで、「昨日渡したばかりでしょう」と彩恩は呆れ果てている。しかも使い途は賭博のようだ。

「いくらなんでも早すぎる。もうお店に前借りは頼めないの」

「いやいや……おまえのことだ、いざってときのために貯め込んでるんだろう？　昔からきっちりしてるもんなぁ」

皮肉めいた嫌な言い方だった。仮に彩恩に蓄えがあったとしても、父親の博打代のためではないだろうに。

「無理なものは無理。忙しいから、もう帰って」

「ああ、待て。彩恩……ッ」

父親を冷たく突き放す彩恩の表情は、「家族などおりません」と言い切ったときのそれと、よく似ていた。

このまま帰るのは正直気が引ける。とはいえ親子の事情にまで立ち入るのは、礼を欠く行為だとわかっていた。彩恩の顔にも「余計なお世話です」とはっきり書いてある。

「お二人もどうぞお引き取りください」

結局、追い立てられるようにして店を出る。——だがその直前、背後でバンッと大きな音がした。

「……いいから出せって言ってんだろうがこのクソがぁっ！」

出し抜けの怒声に振り返り、思羽は自分の目を疑った。彩恩の父親が絹布をのせた商品台をバンバンと叩き、めちゃくちゃに荒らし始めたのだ。

「ちょっ……やめてよ、なにやってるの!?」

力任せに布を引き裂く父親に、彩恩が悲鳴のような声をあげる。思羽も「やめてください」とあわてて止めに入ったが、真奇のほうが一歩早かった。彩恩と思羽をかばって前に出ると、暴れ回る父親を難なく取り押さえる。

「おっ……おい！　なにをする放せ！」

「そうはいかないね。どうやら厄介な事情がありそうだ」

「なんなんだおまえはっ！　俺は父親だぞ、子が親に尽くすのは当然だろう！」

「ただし尽くす価値のある親に限る、な」

「なっ……おい彩恩っ、なんとかしろ！　彩恩！」

床に押さえつけられた父親は、「この親不孝者が」「俺を見捨てるのか」と喚き続けている。だが彩恩は父を見下ろすだけで、助けようとはしなかった。その顔にはただただ疲労が色濃く滲んでいる。

「クソ。いい加減黙れよ」

「――うッ」

真奇の手刀で意識を失い、父親はようやく静かになった。

彩恩の唇がわなわなと震えている。虚ろな目には、まるで力がない。

「……こんな……こんな男のために、私は……」

ゆっくりと吐き出されたのは、胸苦しくなるような声だった。

彩恩の父親はもともと、官庁で事務仕事をする下級役人だったという。

少し気弱なところはあれど、真面目な性格だと思っていた、と彩恩は語る。王宮で働く彼女のもとに、父親が横領したという報せが入るまでは――。

「正直、すぐには信じられませんでした。父がそんなことをするはずないと、無意識のうちにかばっていたのだと思います。お恥ずかしい話ですが……」

しかし娘の思いとは裏腹に、父親は博打にのめり込んでいた。給金をつぎ込むだけでは追いつかず、とうとう職場の金に手をつけたのだ。

当時の彩恩は十八歳で、成人しているといえどもまだ若い。父親を信じたいという気持ちは、安易に否定できるものではなかった。

「罪人の娘が宮中で勤めるなど、許されるはずがありません。ですが……結論から申しますと、私は失職を免れました。上司だった墨女官長から、取引を持ちかけられたのです」

盗んだ金を補塡し、父親の罪を隠蔽してやる。王宮勤めを辞める必要もない。

ただしこれから宮中で起こる事件において、こちらの指示通りに証言を行うこと――それが墨女官長の提示した条件だった。

　そのとき彩恩の実家には、病気がちの母親と幼い二人の妹がいたという。墨女官長は彩恩の足元を見て声をかけたのだ。

「脅迫されているのだと、すぐにわかりました。わかっていて……私は、従いました。私の肩には家族の生活がかかっていたのです。それに……」

　言って、彩恩は恥じ入るように顔を伏せた。

「父は魔が差しただけだ。きっと己の犯した過ちに気づいて、賭場通いもやめてくれるだろうと……そんな愚かな期待をしていました」

「——……あなたが愚かだとは思いません」

　思羽は思わず口を挟んでいた。

「責められるべきは、取引を持ちかけた人です。その人は彩恩さんがご家族を思うお気持ちに、ここぞとばかりにつけ込んだのですよ」

　思羽の言う通りだ、と真奇が同意する。

「あんたたち親子は、冰貴人様の失脚に利用されたんだよ。すべては王妃の——鳳優媛の恐るべき策略だ」

「鳳王妃様……」

　王の寵愛を巡る妃嬪たちの対立と、王太子位争いが頭の中で結びついたのか。彩恩は、あぁ、と声にならない叫びをあげた。青ざめた顔を両手で覆い、ぶるぶると両肩を震わせる。

「ごめんなさい……ごめんなさい冰貴人様……！　ああ……！」

王宮に戻って真奇と別れた思羽は、なんとなくまっすぐ芳春殿に帰る気になれず、気づけば庭園に足を向けていた。

彩恩を脅した墨女官長も、間違いなく鳳王妃――現在の鳳慈母の手先だろうと真奇は言う。鳳慈母が黒幕なのは明らかだ。思羽も真奇の意見に異存はない。けれど、鳳慈母が放つ白桃の香りを思い出すと、どうしても最後の確信が持てなかった。

「しうー!」

つと、明るい声が耳を打った。振り向くと、椿が満面の笑みで駆け寄ってくる。

「椿様!」

思羽は両手を大きく広げ、飛び込んできた椿を抱き留めた。

「おかえり、しう!」

「ただいま戻りました、椿様」

椿の笑顔を見ると、自分でも不思議なくらい気が晴れる。寄り道したくなったのはきっと、この子に会いたかったからだろう。

「今日はお伺いできなくてごめんなさい。いい子にしていましたか?」

「うん!」

月明殿の女官が付き添っている様子はない。まさかひとりで? と視線を上げると、こちらにゆっくりと歩いてくる人影があった。

「鳳慈母様……」

「椿はすっかりあなたに懐いたようですね。いまも姿を見るなり、駆けだしてしまって」

おばあさまの足では追いつけませんよ、と椿を窘める鳳慈母は、どこからどう見ても優しい祖母だった。

「でも、ちょうどよかった。思羽、あなたに話しておきたいことがあったのです」

「……わたしに？」

相手はさっきまで「黒幕かもしれない」と考えていた人物だ。反射的に一歩引いてしまい、「そんなに構えないで」と苦笑される。

「話というのは、王様のことです。実は今日……あなたを正式に香嬪として迎えたいと、重臣会議で申し出たのですよ」

「えっ……」

図らずも、真奇から聞かされたばかりの話だった。寝耳に水の出来事とまでは言わないが、やはり驚かずにはいられない。

「あまり表情が冴えないようですが……まさか王様はあなたの気持ちを無視して、強引に話を進めているのではないでしょうね」

「い、いえ……そんなことは決して」

「あぁ、よかった。不安にさせないでちょうだいな」

鳳慈母は心底ほっとした様子で、ふわりと美しい笑みを浮かべた。途端、全身が白桃の甘い香りに包み込まれる。

――この前よりも香りが熟している……。

まるで収穫期の桃畑に放り込まれた気分だった。食べごろの桃を思わせる香りからは、よからぬ企みも欲心も読み取れない。邪気のない芳醇な香気が、またしても思羽を惑わせる。

「――けれど正式な結婚ともなれば、二人の気持ちだけでは事は進みません。どうやら王様の意向に対して、司諫院から疑問の声があがったようなのです」

「っ、それって……」

鳳慈母の言葉に、心臓がどくんと跳ねた。

司諫院は王の非を指摘し、諫言を行う官庁である。思羽を香嬪に据えることが「諫言すべき事態」だと判断されたという事実に、動揺を抑えられない。

司諫院は「読香の力を用いるなら、官職を与えれば済むでしょう」と主張し、それに対して銀耀は「王族という立場でしかできぬこともある」と反論したという。歴代の香嬪らが残した功績を考えれば、性別を理由に例外をつくるべきではないと。

「ですが、その反論が仇になりました。司諫院は『歴史を重んじるというなら、負の側面にも目を向けなければ』と苦言を呈したのです」

司諫院の言う「負の側面」がなにを指しているかは、聞かずともわかった。

「……初代香嬪様のことですね？」

ええ、と鳳慈母は深刻そうな顔でうなずいた。

王との恋に溺れて鑑定に支障をきたし、ついには政道を歪めるに至った紫香嬪。思羽を後宮に迎えたいという銀耀の意向を、司諫院は「かつての過ちに通じる感情」だと指摘したのだ。

「王様に同じ轍を踏ませてはならないと考えている司諫院は、あなたの後宮入りに条件を出すつもりのようです」

「条件……？」

「ええ。あなたを後宮に迎えたら、すぐに王妃と側室を娶るように――と」

「っ――……」

二人の仲が歓迎されないことはわかっていた。これまでの王と香嬪の関係を考えれば、引き離されても文句は言えないということも。

銀耀が王である以上、女性の妃を迎えることもまた、受け入れるべき現実だった。なのに、想像しただけで目の前が真っ暗になる。

「……どうしたの、しう？　だいじょうぶ……？」

「は、はい……平気です、椿様」

気遣わしげな椿の声で、どうにか我に返る。まだ感情は追いつかなかったが、頭は冷静さを取り戻していた。

司諫院が提示するであろう条件は、反論しようのない正論でしかない。最も恐れるべきは、思羽が恋に溺れて鼻が利かなくなり、銀耀に――ひいては国と民に損害を与えることだ。

王が思羽ひとりに傾倒するのは危険すぎる。それを避けるために複数の妃嬪を持つというのは、理にかなった方法だった。

愛を均等に注ぐことはできなくとも、有能な内官が王の時間を妃嬪たちに平等に振り分けるだろう。そして銀耀はおそらくこれを拒めない。

つい先日、諫言する臣下を遠ざけた暗君を退けて王座に就いたのだ。司諫院の言葉を蔑ろにするようなことがあれば、結局兄と同じかという誹りは免れない。

——それに、王妃は必要だ……。

思羽が世継ぎをもうけることができない以上、たとえ銀耀が「側室はおまえただひとりだ」と言ってくれたとしても、王妃を迎えないという選択肢はない。

「司諫院のご意見は……ごもっともだと思います」

冷静になればなるほど、そうとしか言えなかった。

思羽に傷つく権利などあるはずがない。男でありながら香嬪の位を約束され、銀耀に仕えることができる。それのなにが不満だと言うのだろう。

「王様はわたしにとって恩人で、かけがえのない……主君です」

鳳慈母がその目を丸くする。「主君？」

「はい。芳春殿で厚く遇していただいて、ますますその思いを強くいたしました。王様こそ、わたしが一生を賭してお仕えすべき方なのだと……」

「主君だなんてとんでもない！　あなたがそんな弱気でどうするのです⁉」

「えっ……？」

　突然の叱咤に思羽はうろたえた。

　鳳慈母は高貴な白い面を上気させ、憤慨を隠さない口調で詰め寄ってくる。

「あなたは王様の気持ちを弄んでいるのですか？」

「ち、違います！　それだけは絶対に」

「ならば訂正なさい。王様にはほかの妃を娶る気など、毛頭ないのですよ。なのにあなたが身を引いたら、王様のお気持ちはどうなるのです⁉」

　まくし立てる鳳慈母の剣幕に押され、あの、ええと、と半端な言葉しか出てこない。やがて鳳慈母は痺れを切らしたように一歩前に出ると、躊躇なく思羽の手を取った。

「……っ、鳳慈母様⁉」

　ぎゅっと手を握り締められてふたたび困惑する。手入れの行き届いた細く白い指は、見た目からは想像もつかないほど力が強い。

「思羽、あなたは戦わねばならないのです」

「た、戦う……？　痛っ」

　察しの悪さを戒めるように摑まれ、豪奢な指輪が皮膚にぎりっと食い込んだ。だが、痛みに呻いても手を放してはもらえない。

「あなたたちを引き裂こうとする者には、身の程をわきまえさせねばなりません。……大丈夫、誰が反対しようと、私はあなたの味方ですよ」

鳳慈母が微笑み、白桃の芳香が甘やかに漂う。けれどその香り方はいつもと微妙に異なっていた。ふわりと感じる程度だったものが、むせ返るほど濃くなっているのだ。

「自信を持ちなさい、思羽。あなたがいなければ、いまの王様は存在しないのですよ」

余計な心配は無用、あなたはただ王様に愛されていればよいのです——そんな鳳慈母の言葉に呼応するかのように、香りはますます強くなる。

「……うっ」

極限まで熟れた香りに突如、つんと饐えた臭いが混じった。食べごろをとうに過ぎ、どろりと腐り落ちた果肉の放つ酸っぱい臭いが、鼻腔に入り込んでくる。

「っ、う……」

「……しう？」

えずくのを堪える思羽を見て、異変に気づいた椿の顔が曇った。

「おばあたま、しうが……」

「静かになさい、椿。おばあさまはまだお話の途中ですよ」

「でも、くるしそうだよ。ねぇおばあたま、やめて……」

椿に裳の裾を引っ張られてようやく、鳳慈母は思羽の手を放してくれた。だが強烈な腐臭は一向に薄まらず、冷や汗が噴き出してくる。

「ぐ、うっ……」

耐えがたい吐き気がこみ上げ、粗相の恐怖で口元を覆った。頭に血が回らない感覚に襲われ、

ふらふらと草叢に倒れ伏してしまう。

「しう……しう……、しっかりして！」

椿の柔らかいほっぺたが、涙でべしょべしょに濡れている。心配させたくないのに、意識を保つのがやっとで、もはや声をかけてやる余裕もない。

「だれかー！　ねぇ、だれかきて！　しうがびょうきなの！」

「病気ではありません。騒ぐのはおよしなさい、椿」

「やだ！　おばあたまのいじわる！」

「意地悪なんてしていません。おばあさまは思羽を励ましたのですよ」

「うそだ！　おばあたまは、しうをいじめた！」

「──口を慎みなさい、椿！」

優しく諭す声が一変し、雷鳴のような一喝が轟いた。びっくりして泣きやんだ椿を、鳳慈母が凍えそうに冷たい目で睥睨する。

「いいですか、椿。あなたは可愛い孫であり、私は寛容な祖母ですが、反抗的な態度まで許すつもりはありません。今後、一切の口答えを禁じます」

「あ、お、おばあ、たま……」

「『わかりました、おばあさま』でしょう？」

「う、ううっ……」

つぶらな瞳にふたたび涙が盛り上がる。しかし今度は「泣くのはおよしなさい」と叱られ、椿はどうしようもできずに震えて立ち尽くしていた。

かばってやれないこの身がもどかしい。椿様、どうか泣かないで、と伝えたい。だが伏したまま手を動かしても、指先はただ土を掻くばかりでなにもできなかった。

「椿。あなたは――……を、――……から……」

鳳慈母がまた椿に向かって、なにか話しかけている。

その言葉は霞みゆく意識の中に紛れ、拾い上げることはできなかった。


重たい瞼を上げると、見慣れた天井があった。身体は清潔な布団に横たえられており、枕辺には青ざめた銀耀がいる。

「……思羽！　よかった……！」

「ご心配をおかけして……申し訳ございません……」

「具合はどうだ。眩暈や吐き気は？　水も用意してあるが」

「平気……だと、思います。お水をいただいてもよろしいでしょうか」

「もちろんだ」

銀耀は思羽の背中を支えて起こし、手ずから水を注いで渡してくれた。冷たい水で喉を潤すといくらか気分が落ち着き、頭にかかっていた靄も晴れてくる。

意識を失った思羽を芳春殿に運んで医官に診せてくれたのは、泣き叫ぶ椿の声を聞きつけた女官たちだったという。医官は一種の中毒症状だと診断を下したものの、なんの毒かまではわからないと首をひねっていたらしい。

「いったいなにがあったんだ？」

尋ねる銀耀の眼差しが、白刃のように鋭くひらめく。

「あの女は『急に倒れた』だなんて嘯いていたが、昼間は元気だったと真奇から聞いている。椿は……よほど衝撃を受けたようで、なにも話さない」

銀耀は鳳慈母に対して、もはや敬称は不要と判断したらしい。仔細はわからないながらも、原因は彼女にあると察しているのだろう。

思羽は迷いを捨てた。鳳慈母の不審な香りについて、打ち明けるべき時が来たのだ。

「銀耀様。わたしが倒れた原因は、鳳慈母様の放った香りです」

「――。やはりか……」

最初は白桃のように害のない匂いだったのが、今日になって突然、吐き気を催すほどの腐臭に変じたのだと話すと、銀耀は「ずいぶん性質の悪い匂いだ」と顔をしかめた。

「だが、それがあの女の本性なのだろうな」

「はい。わたしもそう思います」

鳳慈母の心根は間違いなく、悪しきものなのだろう。

甘い果実の芳香でおびき寄せ、油断して近寄った者を毒に冒す。そう考えると、自分が食虫植物に捕食された憐れな虫のように感じた。

「なぜ急に本性が臭うようになったのか……。心当たりはあるか？」

倒れたときのことを思い出し、思羽は自分の両手を見つめた。

「理由は定かではありませんが……鳳慈母様に手を握られたとき、これまでになく濃厚な香りを感じました。もしかしたら直接触れあったことで、心を近くに感じたのかもしれません」

振り返ってみると、それに近い経験が何度かあった。子供のころは母とくっついていると、桜の芳香を——母の心根を示す香りを、より強く感じた覚えがある。

接触を介して心の深淵に触れたことで、彼女の本性を嗅ぎ取れたのかもしれない。

「どう思われますか、銀耀様。銀耀様……？」

ふと見ると、銀耀はひどく渋いお茶を飲んだような顔をしていた。

「おまえの推測に異論はない。だがどうしてあの女は、おまえの手を握ったのだ？」

「えっ？　あ、それは……」

「はっきり言って気に食わない。おまえに触れるなんて誰であっても面白くないのに、よりによってあの女とは……思羽の手が穢れるではないか」

「銀耀様……」

嫉妬される気恥ずかしさを味わいながら、思羽はさりげなく話を元に戻した。

「鳳慈母様が手を握ってこられたのは、わたしを励ますためでした。実は、銀耀様がわたしを香嬪にするおつもりだとお伺いし……、あまりに恐れ多くて弱気になったものですから……」

「……、その話は……」

銀耀は一瞬虚を衝かれた表情になり、すぐに「すまない」と思羽に頭を下げた。

「おまえと私にとって大事な話を、こんな形で聞かせるつもりはなかった。許せ」

「許すも許さないも、怒ってなどいません。ただ……」

「ただ？」

「そんな幸福なことがこの身に起こるとは、とても信じられなかったのです。だから……つい、半信半疑になってしまいました」

「私は本気だぞ。誰がなんと言おうと、おまえを諦める気持ちは微塵もない」

思羽をこれ以上不安にさせないためだろう、銀耀は司諫院の意見については、ひと言も触れようとしなかった。

けれど鳳慈母に聞かされた「条件」は、思羽の胸に突き刺さったままだ。銀耀が未来の王妃や側室を抱く姿を思うと、嫉妬と独占欲でどうしようもなく心が濁る。

誰にも奪られたくない、自分だけを見ていてほしい――。そんな醜い気持ちを抱えたまま、まともな鑑定ができるわけがない。

私情を挟まず公正に、なんて絶対に無理だ。王妃や側室候補の人柄を見極めるよう、命じられる日が来るかもしれないのに……。

「恐れながら……わたしが香嬪となることが正しい選択かどうか、自信がありません」

「なぜだ」

「銀耀様をお慕いしているからです。わたしだけのそばにいてほしいと願うあまり、銀耀様のお為になる方を遠ざけてしまうかもしれません。愚かなわたしの醜い恋心が……銀耀様を暗君にしてしまうのではと考えると……」

「……っ、思羽……！」

もういい、と言わんばかりの勢いで抱き締められる。思羽の不安もろとも砕こうとするような、力強い抱擁だった。

「私を見くびるな、思羽。おまえが『聖君になる』と認めた、この私を」

「わたしが、認めた……銀耀様を……？」

ああ、そうだと言って銀耀は腕を緩めた。黒く美しい双眸が、崇高な輝きを放つ。

私は決しておまえの期待を裏切らない――そう断言した銀耀の唇が、思羽のそれに吸いついた。唇を合わせたその瞬間に、これを求めていたのだとわかる。

「んん……っ、ふっ……」

銀耀の大きな手に後頭部を抱き支えられ、迸る熱情とともにその口づけを受け止めた。唇で唇を食むような動きは激しく、眩暈がするほど柔らかい。はじめてのときとは違う荒々しさで、呼吸を求めて洩れた声までも貪られる。

じんと痺れた唇を舌先でなぞられ、誘われるように口を開けた。隙を逃さず差し入れられた舌が、思羽を教え導くように絡まってくる。

舐られては吸われる、濃厚な交わりだった。舌と舌がこすれあうと情欲が滴り、吐息が熱く濡れてゆく。口内を探るような動きは的確で、上顎をつつかれると、未知の刺激にぞくぞくと震えが走った。

呼吸を合わせながら、促されるまま舌を絡ませる。思羽はたどたどしく舐めているだけなのに、ものすごく気持ちがいい。

「ん……んぅ……」

両手で銀耀にしがみつき、口づけに夢中になった。あるべき姿を求めて凝り固まった頭が、やんわりと解れてゆくのを感じる。香嬪として生きるならば身を慎むべきだ、王を独占したいだなんて言語道断――そんないい子ぶった考えは、この唇の前ではひどく無意味に思えた。

自分を縛ってきた戒めさえも解け、譲れない気持ちだけが心に残る。

「……好きです……」

離れてもなお熱を持つ唇から、とめどなく想いがこぼれた。

「好きです、銀耀様。好き。大好き……」

言えば言うほど足りない気がした。心臓は痛いくらい脈打ち、瞳がじんわりと熱く潤む。

全部、全部恋のせいだ。なにも知らない思羽に銀耀が教えてくれた、光り輝く宝珠のような感情だった。

「――私もだ、思羽」

おまえがほしくてたまらない――銀耀は王にふさわしい貴い声で、思羽の耳朶を食むように囁いた。唇はそのまま首筋を伝い、肌に吸いついてくる。

「……っ」

そうされてはじめて、そこがひどくくすぐったい場所だと知った。うなじを啄まれるたびに、身体がぴくぴくと跳ねる。

銀耀は片手で思羽の背中を支え、そのままゆっくりと布団に倒した。帯を解き、両腕は袖に通したまま襟を緩ませ、はだけた胸に手を這わせる。

すらりと長い指が、朱鷺色の突起に触れた。自分では触ろうと思ったこともない胸の飾りを弄られるのは、むずむずするし恥ずかしい。指の動きもなんだか卑猥に見えて、つい目を逸らしてしまう。

「可愛らしいことだ。おまえも、ここも」

「っ、銀耀様……んっ……」

からかわないでください、と抗議しようとした唇は呆気なく塞がれた。なだめるような口づけを施しながらも、左右の小さな突起を転がす手は止めない。

指の腹で円を描くようにさすられると、こそばゆさにじわりと熱が混じり、んん、と鼻にかかった声が洩れた。ふにゃりと柔らかかったそこは、いつの間にかぷっつりと芯を持っている。きゅっと摘まれると、甘く痺れてたまらない。

「はぁ、あっ……く」

声を抑えようとして噛んだ唇に、銀耀が窘めるように指先で触れた。

「我慢するな。ありのままのおまえを、全部見せて聞かせてくれ」

言って胸元に顔を近づけ、そのまま胸粒を口に含む。厚みのある舌で舐め転がされ、濡れて痼った粒を指で潰されると、脚の間がじんじん疼いて仕方ない。

「あっ、あ……！」

じゅっと音を立てて吸い上げられると、一気に熱が集まる感覚に思わず腰がよじれた。うずうずと膝頭をこすり合わせる痴態に気づいたのだろう、銀耀の手がすかさず裾を割って思羽の下腹部に触れる。

「やっ……う……」

下穿きの上から雄の硬さと形を確かめるように撫でられると、湧き上がる羞恥心で顔が火を噴いたように熱くなった。銀耀の手から逃げるように下半身をもぞつかせたら、思いきり脚を開かれてかえって恥ずかしい姿勢をとらされてしまう。

しゅる、と下穿きの紐も解かれ、萌した自身が露わになった。

「――っ……」

もう声も出せなくなり、ぎゅっと目を閉じる。なにも見えない状態になると、銀耀の視線が己に注がれるのを強く感じた。

春情を孕んだ眼差しに刺され、初心な雄がむくりと頭を擡げる。

「恥じらうおまえはそそるな。自分を抑えきれなくなりそうだ」

滲んでいた涙をちゅっと吸われて目を開ける。銀耀の眦には刷毛ではいたような艶があり、淡く笑んだ唇は濡れ、男の色香をこれでもかと漂わせていた。

「ん、う……」

見惚れた思羽の唇が塞がれる。忍び込んできた舌はぬるりと絡んで思考を奪い、恥ずかしさ以上の欲望を引き出そうと動いているようだった。

もつれて蕩けあうと唾液が伝い、身体からゆるやかに力が抜けてゆく。ふるんと揺れた思羽の雄をあやすようにくすぐられ、そのまま手のひらにそっと握り込まれた。

「っ、あぁ……っ」

しっかりと芯が通っていることを知らしめるように、根元から撫で上げるようにして屹立を扱かれる。様子を探りながらのゆっくりした摩擦なのに、痺れるほどに感じてしまってどうしようもない。

「待っ……あ、あっ……だめっ……」

敏感すぎる思羽を見て、さすがに銀耀が手を止めた。

「ごめ……なさ、い」

「謝らなくていい。おまえが感じやすいというのは、私にとって喜ばしいことだ。最近は自分で慰める機会もなかっただろうしな」

王宮という慣れない場所ではその気になれまい、という銀耀の推測は半分だけ当たっていた。確かに芳春殿で自慰をしたことはない。けれど楚家の屋敷にいたときも、こんなふうに性器を触ったことはなかったのだ。

性欲も、それを満たすための行為も、知識としては知っていた。鑑定という場で大人たちの色恋沙汰をさんざん見てきたせいで、むしろ耳年増だという自覚がある。

なのに、欲求だけが「ない」。

それは性的なこと以外も同じだった。あの屋敷でなにかを望んだことは、もはや記憶にないくらい昔のことだ。

母と一緒にいたい、誰かと話をしたい、屋敷を出て行きたい――そんな思羽の願いは全部、養父母に握り潰されてきた。望んでも叶わないのが当たり前の生活を送っているうちに、欲求と呼べるものはほとんど消え失せてしまったのだろう。

「自分でしたことは……一度もありません」

「一度も？」

思羽の告白に、銀耀は目を瞠った。おかしいと思われるのも無理はない。健全な男子ならば、誰もが通る道なのだから。

「思羽……」

銀耀の手がそっと頭に触れた。長い指で髪を梳くように撫でてから、覆い被さるように抱き締めてくる。

「私がいま、どんなに嬉しいかわかるか」

「……嬉しい？」

聞き間違いかと思った。だが銀耀は「そうだ、このうえなく嬉しい」と繰り返す。

「おまえは身も心も私を求めている。久しく欲求を覚えなかった身体が、私と触れあうことで目覚めたのだろう？　男としてこれほどの誉れはない」

言って、触れるだけの口づけを交わした。静かな愛情が、唇から全身に沁みわたる。

「それに……正直に告白するなら、興奮した。おまえは正真正銘、はじめてなのだな」

唇を離した銀耀の瞳には、愛欲の焔が揺れていた。密着したまま腰をぐっと押しつけられ、布越しでもわかる硬い感触に「あっ」と声をあげる。紛れもない欲情の証だった。

「快楽とはどういうものか、私が一から教え込もう。なにも知らない身体でいられるのは今夜限りだ。すぐに私なしではいられなくなる——」

「……あっ、あ！」

銀耀の手がふたたび思羽の昂りに伸び、今度ははっきりと追い立てるように動く。軽く上下されただけでも先端から涙が流れ、はしたなく声が乱れた。

「んっ、あぁ……あっ、あ」

淫液を塗りつけながらこすり立てられると、恥じらうことも忘れるほど気持ちいい。血流を煮えたぎらせるような熱が、一点に向けて急速に集まってゆく。

「あ……う、ああ……あっ！」

張りつめた屹立の先まで、鋭い官能が突き抜けた。身構える暇もなく一気に弾け、噴き出す白い熱に為す術もなく腰を震わせる。全力で駆けたあとのように息が上がり、肌はじっとりと汗ばんでいた。

——すごく、すごく気持ちよかった……。

達する瞬間に大きな声で喘いでしまったことや、自分が放ったもので銀耀の手を汚してしまったことに対し、恥ずかしいとか申し訳ないという気持ちはある。けれどはじめて味わう絶頂は強烈すぎて、なにひとつ取り繕うことができなかった。

「思羽――」

余韻に浸りながら交わす接吻は、ねっとりと甘い。躊躇う理性を置き去りにし、本能の赴くまま舌を預けて絡ませた。唇を食みあいながら、銀耀の手が妖しく動く。

「んん……」

つつっと撫で上げられてまた、思羽の雄が萌していのがわかった。覚えたての色事に浮かれているのを露呈してしまったようで、いたたまれない気分になる。それでもとろけるような悦びを知ったいまとなっては、また触ってほしいと願っている自分を否定できなかった。

――銀耀様……。

あさましい期待を込めて、銀耀を見つめた。無意識のうちにごくりと喉が鳴る。性的な欲求というのは、水を欲しがるのに似ていると思った。身体が芯から干からびそうなほど渇いて、愛しい人の潤いが恋しくて仕方なくなる。

銀耀は艶めいた笑みを浮かべ、自分の着物の帯に手をかけた。前をはだけさせ、手早く下穿きを取り去ると、猛々しい雄がそこにある。

「……っ」

一見して、思羽のそれと同じ器官とは思えなかった。欲望を滾らせた笠は大きく張り出し、腹につくように聳え立つ茎は太く長い。溢れる先走りで先端がてらてらと光り、劣情の高まりを明確に示している。

銀耀はのしかかるようにして身体を前に倒し、己の屹立と思羽のものを重ね合わせた。硬く張りつめた雄と雄が絡む、その生々しい感触でさらに熱く漲る。

「あ、あっ……は、あぁっ」

大きな手で束ねて扱かれ、喉を反らして啼いた。濡れそぼった昂りがぶつかりあい、うねるような悦楽を連れてくる。

「――っ、思羽……」

せつない声で名前を呼ばれると、愛しさが溢れて胸が痛い。好きで好きで気持ちがよくて、いつしかあの恍惚となる瞬間を追い求めていた。

「う……うぅ、あ、くぅ……っ」

抗いがたい衝動が腰の奥から突き上げてくる。銀耀の吐息が荒くなり、上下する手の動きは速さを増した。二人でひとつの快楽を味わっている、その悦びが思羽を頂へと押し上げる。

「っ……んあっ……!」

「――っ……」

爆ぜたのは同時だった。互いの屹立が震えるのを直に感じながら、吐精の解放感にゆるゆると浸りきる。

「思羽……」

銀耀に唇を求められて応えると、甘く妖艶な花の香気に包まれた。

いつもより香りがぐっと濃厚に感じる。それぞれの持っている熱を通じて、心と心が近づいているのだろう。

「不思議だな……今夜の唇は格別に甘く、よい香りがする」

「香り……？」

「ああ。まるで極上の花蜜を吸っているかのようだ……」

陶然と呟く声を聞きながら、思羽は内心びっくりしていた。

――銀耀様も「花」を感じていらっしゃる……もしかしてわたしと同じように？

「んん……」

油断しているとまた、唇のあわせが深くなる。なに食わぬ顔で挿入された舌は、馨しい花の香りとともに、思羽の意識を情事へと引き戻していった。

「――おはようございます、思羽様」

思羽を起こしたのは、寝所の外から聞こえてきた女官の声だった。

普段は扉を開けて入ってくるのに……と思って起き上がると、隣で横になっている銀耀が目に入る。

「あっ……」

瞬時に女官の気遣いを理解した。銀耀が思羽の寝所から出てこないので、取り込み中と判断して入ってこなかったのだ。

房事を察せられたという気恥ずかしさで、一気に目が冴える。

「お、おはようございます……」

「こちらに身支度用のお道具を置いておきますね。ご用がありましたら、お呼びつけください。では……」

女官が去ったのを気配で確認し、乱れた衣を軽く整えて扉を開けた。

支度道具の横に茶盆も置いてある。二人分のお茶とともに、茶菓が添えられていた。

「花煎だ……」

チンダルレの花をのせて焼いた、丸く美しい餅菓子である。

椿と一緒に花を摘んだ日を思い出して、自然と頬が緩む。もしかしたらこれも、椿が摘んでくれたものかもしれない。

──着替えたらすぐ、椿様に会いにいこう。

顔を見せて安心させ、助けを呼んでくれたお礼を言いたかった。鳳慈母に理不尽に叱られたことが、尾を引いていないかも気にかかる。

道具と茶盆を室内に運び入れ、眠る銀耀の顔を眺めた。

花煎は銀耀と俶の思い出の菓子でもある。目を覚ましたら喜ぶだろうと思うと同時に、ふと、とある考えが頭に浮かんだ。

──俶様のお力をお借りしたら、ひょっとして……。

行く手に立ち塞がる壁は高い。だがひとたびやるべきことを見据えると、心にかかる迷いの霧が晴れてゆくのを感じた。

銀耀の力になりたい。その思いは恋を経てもなお、清水のように澄み切っている。濁ることも涸れることもなく、滾々と湧き出してくるのだ。

──恋に溺れたら力を失う。だけど、恋を力にする方法もあるはずだ……。

誠の心を失いさえしなければ、必ず道は拓けると信じられた。

七章

王宮の庭に今年最初の紫陽花が咲いたその日。

氷貴人不貞事件の再審議を行うために、十七年の時を経て正殿に裁きの間が設けられた。

今日の玉座は法壇でもあった。王であり、審判者でもある銀耀の眼差しは冴え冴えと冷たく、後ろ暗いところがある者ならば凍傷は免れない。

列席する上級官僚たちは皆緊張を隠せず、咳払いさえ躊躇う沈黙を共有していた。

……たったひとりを除いては。

「まあ、大人数だこと」

開始時刻直前に悠然と入場した鳳慈母は、居並ぶ官僚たちを眺めて大仰に驚いてみせた。

厳粛な空気をたるませる鳳慈母の態度に、一部の官僚が眉をひそめるも、当の本人は一切気にする様子がない。裁きの間の警備を任された真奇が、露骨に鼻に皺を寄せるのが見えた。

証人の引率を行う思羽は、入り口に近い場所、官僚らの末席に立っている。

鳳慈母は思羽の姿を認めるなり、柳眉を寄せてため息をついた。

「まさか、あなたまで関わっているなんて。がっかりしましたよ、思羽」

芝居がかった物言いではあるが、間違いなく鳳慈母の本心だろう。

「ご期待に添えず、申し訳ございません」

「身の程もわきまえず、王室の事情に首を突っ込むとは——本当に愚かだこと」

冷ややかに見下されても、思羽はなにも感じなかった。自分はただ、不当に人生を奪われた無辜の人を救うという目的のため、この場にいるにすぎない。

「これより『冰貴人不貞事件』についての再審議を決行する」

定刻になり、銀耀が厳かな声で審議の開始を告げた。

「本件は十七年前に決着している。だが私が即位してからのち、当時の審議に疑問を呈する声が複数の人物から寄せられた。かく言う私も、以前から疑念を抱いていた者のひとりだ。この機会に事件を洗い直すよう義禁府に命じたところ、いくつかの証言の正当性に疑義が生じ、冤罪の可能性が浮上した」

列席者はある程度事情を知る者ばかりだが、王が「冤罪」とはっきり口にしたことで、場の雰囲気はいっそう張りつめたものになった。

鳳慈母は眉ひとつ動かさない。思羽もまた、微動だにせずなりゆきを見守る。

「本件は側室一名の処刑と、王子一名の廃位という、非常に重い処分となった。万が一冤罪ということがあれば、これを捨て置くことはできん。失われた命は取り戻せないが、祖先に恥ずべきところのない王室であるために、過ちを正すことが極めて重要と考える」

「異議ございません」

百官の長である領議政が言い、臣下一同が追随して「異議ございません」と唱和した。

「なお、本日は楚思羽が証言者全員の『鑑定』を行う。証言者の香りはその証言内容と併せ、審議の判断材料とする」

思羽は銀耀の合図を受け、最初の証人を招き入れた。

「市場の布屋で働いております、林彩恩と申します」

「林彩恩よ。天地神明に誓って、真実を述べるように」

「はい。承知いたしました」

緊張感漂う空気の中にあっても、彩恩は臆することなく返事をした。

「十七年前、不貞疑惑告発の契機となったのは、当時侍女であったおまえの証言だ。冰貴人が男性の姜医師を寝所に引き入れたことや、姜医師がおまえを寝所から追い出したこと、二人がそのまま寝所に籠もって、一刻ほど出てこなかったこと……これらはすべて事実か？」

「いいえ」

彩恩は即座に否定した。

「事実ではない部分がございますゆえ、訂正することをお許し願えますでしょうか」

「許す。申せ」

「まず、冰貴人様自ら姜医師を寝所に引き入れた……という事実からしてございません。もともとその日は起き上がれないほどお加減が優れない様子でしたので、私がお連れした姜医師をご覧になって、とても驚かれておいででした」

「おまえは医女ではないとわかっていて通したのか？」

「はい。男性の医師がいらっしゃると、事前に申し伝えがありましたので」

銀耀の眉がわずかに動いたが、すぐには追及せず、彩恩に話を続けるよう促した。

「姜医師が私を寝所から追い出したという話も、実際の出来事とは異なります。私は冰貴人様からその場に留まるよう命じられたにもかかわらず、自分から出て行ったのです」

「なぜそんなことを？」

「冰貴人を姜医師と二人きりにするよう、あらかじめ指示されていたからです」

その発言に列席の面々がざわめいたが、銀耀は彩恩に最後まで話しきるよう求めた。

「お二人が寝所に籠もっていたのは、四半刻足らずの短い時間でした。ですが……」

「長居をしたと証言しろ――と、誰かに命じられたのだな」

先回りした銀耀に、「仰せの通りでございます」と彩恩が返した。

「おまえに不自然な行動を取るよう命じたのは誰だ？」

「墨女官長です」

核心を突いた銀耀の問いに、彩恩は濁すことなく答えた。

「鳳慈母様の母方の遠縁にあたる人物です。在職中はよく尽くしていたと報告がありました」

進行の補佐役を担う義禁府の長官が、すかさず補足する。よく尽くしていたというのは迂遠な言い方だが、要は鳳慈母の手先だったという意味だ。

「おまえの言動が冰貴人を窮地に追い込むであろうことは、おまえが年若い女官だったことを差し引いても予測がついただろう。なぜ墨女官長に従った？」

「それは私が墨女官長と、ある取引を行ったからです」

不貞事件の約ひと月前。役所の金を横領した父親の罪を隠蔽することと引き換えに、冰貴人の失脚に手を貸すよう命じられたことを、彩恩は赤裸々に打ち明けた。実家の家族を守るため、脅しに屈してしまったのだと。

取引の全容を知った列席の官僚の中には、彩恩に非難めいた視線を投げる者もいた。しかし、彼女は一切動じる様子を見せない。

背筋をぴんと伸ばして立つ姿からは、涼やかな紫蘇の香気が漂っていた。揺らぎのない香りが、彼女の覚悟を伝えてくる。

銀耀は話題を変えた。

「情事の痕跡と判断された『体液』について、なにか知っていることはあるか」

「はい。私が氷貴人様の寝具に仕込みました」

「女であるおまえがどうやって用意した？」

「用意したのは私ではなく、墨女官長です。どなたのものかは定かではありません」

おそらく彩恩に渡されたのは、無関係の男から採取した体液だろう。極端な話、提供者など誰でもよいのだ。その場の状況から、姜医師の体液だと判断されるのは確実なのだから。

「なんと手の込んだことを……」

そこまでするのかという念の入れように、ふたたび列席者たちがざわめいた。激しい政争を生き抜いた面々であっても、後宮の生々しい争いには衝撃を禁じ得ないらしい。

「彩恩よ。今日申したことが真実だと主張するなら、おまえは十七年前に偽証の罪を犯したと認めることになる。それでも構わないのか？」

「──はい、王様」

彩恩の声に迷いはなかった。

「私は取り返しのつかない大きな過ちを犯しました。ですが真実を秘匿したまま生きることで、これ以上罪を重ねたくはありません。どのような罰も覚悟しております。私が願うのはただ、氷貴人様の名誉の回復でございます──」

彩恩が深く頭を垂れると、場は水を打ったように静まった。

彼女が過去の証言を取り下げたことで、情交があったという前提が大きく崩れたのだ。

「思羽よ。鑑定を」

裁きの間の視線が思羽に集中する。責任の重さを感じながらも、はっきりと答えた。

「わたしは証言中の彩恩さんから、清涼な紫蘇の香りを感じました。嘘や隠し事をしていると香りが弱まることもあるのですが、そういった不自然な点もありません。毒性も悪意もない、善良なお方の香りと判断します」

「ふむ。問題なさそうだな。義禁府の意見はどうだ」

「異議ございません。ただいまの鑑定結果を、証拠として採用いたします」

「よし。──林彩恩、おまえの覚悟は確と受け取った。下がってよい」

さて……と言って、銀耀は傍聴している鳳慈母を見遣った。

「墨女官長は定年退官するまで、義母上のお気に入りでしたね。この話にお聞き覚えは？」

「まったくありません」

「そうですか。まあ、長い年月が経っておりますから、記憶が曖昧なこともおありでしょう。ですから私が事前に調べさせました」

　銀耀の合図で、義禁府長官が調書を手に前に出る。

「元女官長の墨氏を取り調べましたところ、林彩恩の証言にあった行動は事実だと認めました。またそれらは当時の王妃である、鳳優媛様のご指示であったと告白しております」

　義禁府長官の報告を聞いた鳳慈母は、表情を変えずにただ小首をかしげる。「そんな指示、記憶にありません」

「――慈母様！」

「真実をお話しください、慈母様！」

　さすがに官僚たちから非難の声が上がったが、鳳慈母は「おかしいのはあなたがたですよ」と窘めるような声で応じた。

「覚えていないことを話すのも、偽証と同じことでしょう？　不誠実極まりない」

「義母上が覚えていなくとも、墨女官長は認めているようですが」

「ええ……彼女は責任感が強くて、面倒見のいい女性でしたから」

　鳳慈母は長い睫毛を伏せ、昔を思い出すように語る。

「たまに、私の名前で下女に施しをしていました。きっとその一環ではありませんか。父親のせいで失職の危機に瀕した憐れな侍女に、救いの手を差し伸べようとしたのでしょう」

「なっ……」

この期に及んでもしらを切り通し、部下に罪をなすりつけようとする鳳慈母に、思羽は怒りで全身が総毛立った。

父親の不始末を知った彩恩が、どんなに衝撃を受けたか。病身の母親や幼い妹たちに対する責任が、どれほど重くのしかかっていたか。

それが少しでも想像できれば、こんなことは絶対に言えないはずだ。

「なるほど。彩恩を憐れんだ墨女官長は、一方でその状況を利用して、王の寵愛を独占する冰貴人の失脚を画策した……とおっしゃるのですね。義母上のために」

「ええ。真成王様のお渡りが途絶えたことを、親身になって案じてくれましたから」

「そうなると彼女は不貞事件のでっち上げだけではなく、冰貴人に危害を加えるような行為をしていた可能性も？」

「さあ。私が関与していない以上、わかりませんけれど」

「では。もうひとりの証人を呼ぶとしましょう」

銀耀から指示を受けて、思羽は一度御前を下がった。

証人の控えの間として使用している続き部屋に入り、「お待たせしました」と声をかけると、その人は杖を片手にゆっくりと立ち上がる。

裁きの間へと足を踏み入れ、一歩ずつ玉座に近づくたびに、規則的な杖音が鳴り響いた。

「医師の姜道晨と申します」

こざっぱりと整えた白髪交じりの髪に、洗いざらしの衣という町医者の風体で現れた証人に、列席者らは皆それぞれ驚きの声をあげた。

「本人なのか……？」

「逃亡してそれきりだと聞いたが……」

「――間違いなく本人でございます」

義禁府長官はそう言って場の喧騒を断ち切ると、「戸籍簿と役場への聞き取り調査で、身元確認は取れております」と説明を追加した。

「……お手柄だったな、あんた」

いつの間にか隣に来ていた真奇が、ぽそっと小声で思羽に話しかける。

「とんでもない。真奇さんと俶様のおかげです」

長年行方知れずだった姜医師の捜索は、真奇の口利きで閲覧許可が下りた、恵民署の名簿を読むという作業から始まった。姜医師と面識のありそうな人物を洗い出し、手がかりとなる話を聞きに行くためである。

しかし彼らと話して情報を集めたところで、思羽ひとりの足で捜すのは限界があった。そこで助力を頼んだのが、行商人である。滋羅国内を縦横無尽に行き来する彼らにその情報を託し、独自の交流網を使った人捜しを依頼したのだ。

行商人の力を借りられたのは、俶のおかげだった。恵民署への口利きに始まり、さまざまな面で手を貸してくれた真奇の力も大きい。

「姜道晨よ。十七年前に王宮へ参ったこと、覚えているか」

「はい。もちろんにございます」

「おまえは王の側室であった冰貴人と同衾し、その罪の大きさに恐れおののいて、逃亡し行方をくらませたと記録に残っている。これは事実か？」

「いいえ。事実ではございません」

「おまえは潔白だと申すか」

「はい。私だけではございません。冰貴人様も同じく無実にございます」

「では、すべてを話せ。釈明すべきことがあれば、この場で申し述べるがよい」

かしこまりました——と、姜医師は深々と頭を下げてから語り始めた。

「そもそも私が王宮に来ることになったきっかけは、『本草医学者としての知見をお借りしたい』という内医院からの招聘でした」

そのころ内医院では、王命により薬草文書の編纂が行われていたという。町医者として働きながら下野の学者として研究を進めていた姜医師は、思いがけない誘いに驚きはしたものの、自分の功績が認められたようで嬉しかったと当時を振り返る。

だが実際に出向いてみると、行き先は内医院ではなかった。

「使者から『診てほしい患者がいる。そのため内密に呼び寄せた』と知らされ、王宮の奥へと連れて行かれました。宮中のことになど明るくない私でも、そこが妃嬪の方々の住まいであることは、知識として知っています」

さすがにおかしいと感じた姜医師は、それ以上先へと進むことを躊躇した。しかし使者に

「体裁を整えれば問題ない」と被衣をかぶせられ、強引に後宮へと連れ込まれたという。

「王の大事なお方が、長く床に臥している。診察を拒否することは、王命に背くのも同じだと言われては、走って逃げることもできません。私は覚悟を決めて、立派な殿舎に入りました。そこで患者様のお顔を拝見して……心底驚きました。華々しく輿入れしたはずの幼馴染みが、見るに忍びないほどに衰弱していたからです」

姜医師の知る氷貴人——氷玉娟は明るく活発な娘で、輿入れが決まったときは地元の誰もがびっくりしたらしい。しかし『淑やかな女性に囲まれて育った真成王様は、玉娟の潑剌とした美しさに感動なさったのだ』と思い、皆で誇らしげに送り出したという。

「氷貴人様は『医女が来る』と聞いていたそうで、私を見て大変驚愕していらっしゃいました。そして傍らの侍女に……」

思羽の隣で証言を見守る彩恩が、クッと息を詰める気配がした。

「『この人は信頼できる人なので、騒いで大事にしないように』とおっしゃいました。『あなたも席を外さないで』とも。ですが、侍女はすぐに理由をつけて出て行ってしまい、寝所には氷貴人様と私の二人だけが残されたのです」

「——っ……」

毅然とした態度を貫いていた彩恩が、胸苦しそうに眉を寄せて目を閉じる。絶え間なく打ち寄せる罪悪感の波に、必死で耐えているように見えた。

「私はこの時点で逃げ出すべきだったのかもしれません。しかし昔のお姿が見る影もないほど病みやつれた氷貴人様を、放って帰ることはできませんでした。どうにかしてお助けしたい、その一心で診察に踏み切ったのです」

患者を前にした医師としての使命感と、かつての幼馴染みに対する親愛の情。

姜医師がその純粋で崇高な思いを言葉に乗せると、清冽な薄荷の香りがすうっと思羽のもとへと届いた。

──気持ちのいい香りだ。まるで、心が洗われるような……。

「診察にはどれくらいの時間がかかった？」

「四半刻ほどです」

問診を行い、脈を取る。症状に応じて、薬を処方する。

必要最低限の診療だったと姜医師は言い、時間も彩恩の新しい証言と一致していた。

「長居するのは危険だとわかっていました。ですが同時に、疚しいことはないのだから堂々としていればよい、とも思っていたのです。私は本当に甘かった……」

姜医師の声は悔恨の念に満ちていた。過去の自分に怒りをぶつけるかのように、手にした杖の柄をぐっと握り締める。

「私は誰にも見咎められずに、後宮を抜け出すことができました。しかし何者かによって人目につかない山中へと連れ去られ、突然斬りつけられたのです。必死で逃げようとし、その途中で足を滑らせ……崖から転落しました」

「……──」

凄絶な顛末に官僚たちからため息が起こった。視線は示し合わせたように杖へと向かい、気づいた姜医師が「杖を使うようになったのは、このときの怪我が原因です」と補足する。

「落下した場所で助けられて奇跡的に命拾いしましたが、出血がひどくひと月ほど生死をさまよい、その間の記憶はほとんどありません。ようやく起き上がれるようになったころにはもう……すべてが終わっていました」

本当にすべて、なにもかもが──と、姜医師は反芻するように目を閉じた。

氷貴人は「重大な背信行為」があったとして、廃妃のち処刑。俶王子も廃位となり、王宮を追放されたという報せが世間にもたらされていた。

「……氷貴人様はもう、帰ってはいらっしゃいません。ですが、不貞などという不名誉極まりない嫌疑だけでも晴らしていただきたい。これが私の、唯一の望みでございます」

お願いいたします王様、この通りでございます……と姜医師が床に膝をつこうとしたので、思羽があわてて駆け寄って身体を支えた。足のことを考えると無理な姿勢はさせられないが、王に思いを伝えたいという姜医師の気持ちは尊重したい。

「使者の方が私を訪ねてくださったとき、私は十数年ぶりに希望の光が射すのを感じました。ああこれが、新しい御世なのだと……」

闇へと葬り去られた真実に、光を当てようとする者がいる。それがほかならぬ王だと知り、姜医師は召喚に応じる決意をしたと語った。

当時の権力者が幅を利かせているうちは、たとえ潔白を訴えても返り討ちに遭い、今度こそ息の根を止められてしまう。そうなればもう二度と、幼馴染みの名誉回復は叶わない。

公明正大な人物が王宮を掌握する日を、姜医師はずっと待ち続けていたのだ。

「姜医師よ。今日この日まで生き長らえてくれたことを、心から感謝する」

「――、王様っ……!」

銀耀の言葉に、姜医師は感極まった様子で声を詰まらせた。

「この者が見せた氷貴人への敬意は、疑いを挟む余地がないと考える。真実を明かすべき時機を待った忍耐力も並ではない。これもまた無実の証左と言えるだろう」

「異論ございません、王様」

義禁府長官が追従し、見解を述べた。

「当時の状況や林彩恩の証言と照らし合わせても、不審な点は見当たらないように思います」

「ふむ。だが、鑑定は必要だな?」

仰せの通りでございます、と義禁府長官はうなずいた。

「だそうだ。では思羽……」

鑑定を命じようとした銀耀は、思羽の顔を見て口を閉じた。もうとっくに結果は出ていると、思羽の表情から察したのだろう。

「結果はどうであった」

「お二人のお考え通りで間違いございません。この方から感じたのは、清冽な薄荷の香り……誠実な心根の証だと判断いたします。嘘や隠し事による揺らぎもありませんでした」

固唾を呑んで見守っていた官僚たちから、おお……とどよめきに近い声が洩れた。

「姜道晨。おまえの証言を真と認めよう。冰貴人の不貞疑惑は完全に晴らされた」

「あ――ありがとうございます、王様……本当に、ありがとうございます……！」

姜医師は感涙にむせびながら、幾度も繰り返し礼を述べた。

それを見守る官僚たちも、感無量の表情を浮かべている。冤罪ではないかと疑いながらも、声をあげられなかった者が大勢いるのだろう。王太子の座を巡る争いに端を発した陰謀である以上、瓊樹の治世で異議申し立てをすれば粛清は免れない。

濡れ衣を着せられても、挫けずに時を待った姜医師。粛清対象にならぬよう立ち回りつつ、銀耀王擁立のために力を尽くした官僚たち。彼らもまた長い冬を耐えて忍び、今日という日を迎えたに違いなかった。

裁きの間は静謐な空気に包まれる。――しかし、審議はまだ終わっていなかった。

「では、義母上。重要な証人と対面したところで、前の質問にお答えいただきたいのですが」

「……ごめんなさい。どんな質問だったかしら」

「墨女官長が不貞事件でっち上げ以外にも、冰貴人に危害を加えた可能性はあるか……という質問ですよ」

「ああ……。何度訊かれても同じですよ。心当たりはありません」

「そうですか。それは残念です」

端からまともな返答を期待していなかったのだろう。銀耀は会話をさらりと流すと、義禁府長官から一枚の文書を受け取った。

「では、これが記憶を取り戻す一助になるでしょう。姜医師による冰貴人の診療録です」

「診療録？　病死ではないのに、意味があるのですか？」

「大ありですよ」

それは十七年前の診察をもとに、姜医師が作成した文書だった。「内容は義禁府が事前に吟味をしています」と銀耀が説明を付け加える。

「冰貴人は長らく体調不良が続いていましたが、姜医師はその原因を突き止めていたのです。良薬と信じていた煎じ薬こそが、彼女を苦しめているのだと」

「――っ……」

両手を口で覆って青ざめたのは、彩恩だった。

覚えがあるのか？　とそばにいた真奇に小声で問われ、はい、と震える声で答える。

「毎日……毎日欠かさず、飲んでいらっしゃいました。内医院から遣わされた方が、手ずから煎じられた薬を……」

まったくもって許しがたいことです、と姜医師は医師としての義憤を露わにした。

「滋養強壮薬として服用なさっていたようですが、とんでもない。臓腑を弱らせるおぞましい毒が混入されておりました」

顔や手のひらの黒ずみから中毒症状が現れているのは明白だったが、姜医師は煎じ終わった生薬のかすを調べて確信を得たという。

冰貴人が医官に不調を訴えても「好転反応にございます」の一点張りで、とにかく根気よく飲み続けることが肝要だと諭されていたらしい。一日も早く治したいという熱心さが仇となり、冰貴人の身体は毒に蝕まれていったのだ。

医官の取り調べも終わっています、と銀耀が鳳慈母に告げる。

「医官はあなたの指示だったと白状しました。毒を調達した人物も特定しています。欲深い者を捨て駒にお選びになったおかげで、こちらの餌にもすぐに食いついてくれました」

金で人を釣るのは義母上、あなたの専売特許ではない——銀耀は軽蔑を込めた目で鳳慈母を見てそう言い捨てた。

「未遂とはいえ毒殺の教唆を行ったこと。さらにありもしない不貞行為をでっち上げ、冰貴人を処刑に追い込んだ一連の謀略は、真成王を誑かしたも同然の大罪と考える。——義禁府長官、異論があれば申し述べよ」

「ございません、王様」

「では——義母上。申し開きがあれば、鑑定の前に伺いましょう」

「鑑定……」

沈黙を貫いていた鳳慈母が、銀耀の言葉で思羽に目を向けた。

「申し開きをする私の香りで、真偽を判断するのですか？　それとも私の本性を炙り出して、罰を与えようとでも？」

紅を引いた唇が動くのを見ると、思羽のこめかみにひたりと汗が流れた。

鳳慈母の身体から、果実の香りが漂い流れる。甘い白桃の香気は一気に饐えた臭いへと変じ、強烈な吐き気を誘った。

「う……っ」

口を覆って顔を伏せた思羽に、列席者たちがざわめく。

だが、銀耀は動じなかった。信じてくれているのだ、と思うと力が湧いてくる。

「思羽。続けられるか」

「……はい。問題、ありません」

思羽は脂汗を拭って顔を上げた。

完全な痩せ我慢というわけでもない。若干ではあるが以前と比べて、耐性がついている。

「なんだか『臭う』と言われているようで、あまりよい気分ではありませんが……香りが凶器になるのだとしたら、なかなか興味深い話ですね」

鳳慈母が一歩ずつ近づいてくる。二人の距離が縮まるにつれ、臭気は自然と強くなった。

それが思羽を苦しめる行為だと、はっきり自覚しているのだろう。ゆったりした足取りからは、いたぶってやろうという意図が透けて見える。

「長官。これでこの者が死んだら、私の罪になるのですか？」

「――、それは……」

不意をついた質問に対し、義禁府長官が返答に窮する。だが鳳慈母は「本気で考えなくてもよろしい」とせせら笑った。

「できるわけがありません。この者以外、凶器の証明ができないのですから」

憎らしくなるほど余裕綽々の表情だった。もし思羽が臭いを根拠に本性を暴いたとしても、「証拠にならない」と言い逃れるつもりなのだろう。

「あなたは王様の資質を見抜いた時点で、すでに役目を終えているのですよ。これからは王様の伴侶として、ただ尽くすだけでよいのです。くれぐれも余所見などさせないように」

こんなときまで銀耀との仲を支持する発言に、思羽は引っかかりを覚えずにいられなかった。

「余所見というのはどういう意味ですか」

「そのままの意味ですよ。王妃や側室を欲しがられたら、あなただって嫌でしょう？」

胸にギリッとした痛みを覚えながらも、努めて表情を変えずに答える。

「ですが、それでは御子ができません」

「……なにか問題でも？」

あっけらかんとした返事を聞いた列席の面々は、鳳慈母が冗談を言っていると思ったようだった。しかし、これっぽっちも邪気のない瞳が、彼女の本気を証明している。

思羽は驚く一方で、なぜこんなにも自分と銀耀の仲に執着するのだろうという疑問が、氷解してゆくのを感じていた。

——鳳慈母様は、銀耀様の血を引く御子を作らせたくないのだ……。

思えばずっと違和感があった。思羽に対する彼女の態度は、寛大すぎたのだ。

瓊樹の鑑定結果を信じなかったことを詫びたり、自分の殿舎に招こうとしたりするのはまだわかる。だが銀耀と思羽が一対一で結ばれることに固執し、反対する司諫院と戦うよう思羽を焚きつけたのは、あまりにも不自然だった。

子供の誕生を阻止しようとする企みと、十七年前の冰貴人謀殺には共通点がある。おそらくはそれこそが鳳慈母の本性——思羽を苦しめた香りの源に違いない。

「やっと……やっとわかりました。あなたの人を殺めかねない、恐ろしい香りの正体が」

「あら。教えてくださる？」

「野心です。あなたの肥大した野心には、毒と同じ効果がある——」

野心自体は決して悪ではない。誰しもが抱く夢や希望と根は同じであり、それが分を越えて見えるときに悪く言う人がいるだけだ。本当に分不相応な望みなのかは、挑戦し、やりきってみるまでわからない。

王の寵愛を得たい。息子を王太子にしたい。王妃となった者ならば、当然の願いだ。若き日の鳳慈母の心は白桃のように甘く、さぞ魅惑的な香りを放っただろう。

誰からも崇められ傅かれる暮らしと、思うままに動かせる人や金を養分として果実が育ち、熟れて腐り落ちるまでは——。

「息子を亡くした私がいまさら、どんな野心を持つと言うのです？」

「——椿様です」

椿は瓊樹の血を引く、唯一の子供である。鳳慈母は自分の孫を復位させ、ゆくゆくは王位に就けようと狙っているのだ。

「あら、まあ。ふふ……ふふふふふ。ああ、可笑しい」

鳳慈母はころころと笑った。周囲が気味悪がっているのも気にせず、目尻に滲んだ涙を指で拭いながら言う。

「思羽、それは野心ではありません。琲は滋羅国の正統を継ぐ者。即位は当然の権利です」

どんなに寵愛されようとも、思羽は子を生すことができない。銀耀が王妃や側室を迎えることを拒み続ければ、「真成王の血を引く琲を復位させるべきではないか」という議論が、必ず発生するだろう。

孫の復位を後押しするためには、自身も高い立場が必要になる。そのために息子を見捨て、銀耀に与し、大王大妃という位を手に入れたのだ。

暴君の母親で終わるのではなく、未来の王の祖母となるために。

「まさか」

銀耀が半信半疑の声で尋ねた。「瓊樹兄上の転落は……もしや……義母上が？」

「あなたも処分の手間が省けて助かったでしょう？」

悪びれない態度に毒のごとき臭気が強まり、思羽はふたたびえずいた。事態を見守っていた官僚たちも非難の声を失い、裁きの間の空気は恐怖心で淀んでゆく。

母に見限られ命までをも奪われた瓊樹に、思羽は図らずも憐憫を覚えてしまった。

暴力によって妻を死に至らしめたことや、苛烈な粛清で数多の臣下が犠牲になったことは、いかなる理由があろうとも許されるべきではない。けれど、瓊樹が長年母親の猛毒を浴びて育ってきたのだとしたら、彼の行為だけを断罪できるだろうか。

――まさか……小さいころからずっと、鳳慈母の野心のために……？

恐ろしい考えが浮かぶのと同時に、途轍もなく嫌な予感で動悸がした。

思羽が庭園で倒れたあの日。泣き叫ぶ椿と、それを叱り抑えつける鳳慈母の声を、薄れゆく意識の片隅で聞いたことを思い出す。

『今後、一切の口答えを禁じます』

鳳慈母は椿を支配しようとしていた。きっと瓊樹も同じだったのだ。心のあるがままに振る舞うことは、決して許されなかったに違いない。

「私の主張には正当性があると、ご理解いただけたかしら？　そろそろ宮中も落ち着いてきたことですし、椿の本格的な教育も始めますのでそのつもりで」

「それはなりません、義母上。椿は私が」

「あなたにその権利はありませんよ。滋羅国の法をお忘れですか？」

「――っ、それは……」

鳳慈母にすかさず切り返され、はじめて銀耀が言葉に詰まった。

「王位継承権を失っている椿の場合、滋羅国法では、叔父よりも祖母の養育権が優先されます。――そうですね、長官」

「あ……は、はい。それはそう、なのですが……」

確認を求められた義禁府長官も歯切れが悪くなる。法を持ち出されては銀耀も反論できないようで、真奇が「やられたな」と小さく舌打ちをした。

どうやら椿から王位継承権を奪ったことを、逆手に取られたらしい。もしもそのままにしておけば、銀耀は後見人として養育権を主張できたのだ。

「話は終わりですね」

鳳慈母は玉座に背を向け、裁きの間の出口に向かう。その悠々とした歩みを止められる者は、誰もいなかった。

このままでは椿が奪われてしまう。銀耀が健やかに育ってほしいと願う、大切な甥が。

新雪のごとき無垢な椿の心を守らねばならない。雪の下で目覚めを待っている新芽を、踏み潰させるわけにはいかない。

鳳慈母がやろうとしているのは、大地に毒を染み込ませるのと同じことだ。

――椿様は絶対に渡さない……！

気づいたら、身体がひとりでに動いていた。鳳慈母を追いかけて、進路を塞ぐように立つ。

「なんの真似ですか、思羽。おどきなさい」

「いいえ。あなたに椿様を会わせたくありません。椿様の養育は、王様にご一任を」

「話を聞いていなかったのですか？　養育の権利は私にあるのですよ」

「それでも。椿様のことをいちばん真剣に考えていらっしゃるのは、王様です」

「……。話になりませんね」

思羽をどかせることを諦めた鳳慈母が、不愉快そうに身体をずらして通り過ぎる。

その手を、ぐっと摑んで引き留めた。

「なっ……」

苛立たしげに振り向かれても怯まず、白く華奢な鳳慈母の手を握り締める。今日だけは高貴な人が相手でも、遠慮するつもりはなかった。

「放しなさい、思羽」

「いいえ。王様に養育を一任するとおっしゃるまで、放すつもりはありません」

意地と使命感で、指先に力を込めた。手のひらは興奮で汗をかいている。絡みあった指にも、淡い熱が生じていた。

互いの体温を介し、心が近づくのがわかる。

じわり――と毒の臭いが濃くなったのは、そのときだった。

「いい加減にしなさい、この無礼も……」

の、と叫ぼうとした言葉が、途切れて半端になった。突如として美しい顔を歪ませ、うっ、と空いたほうの手で鼻と口を覆う。

「こ……このにおい、は……？」

鳳慈母は膝から崩れ落ちると、何度も空えずきを繰り返した。紅い唇がわななき、白い額には脂汗が浮いている。

「しっ……思羽……、いっ、たい、なにを……、わた、くしに、なにを……した！」

「わたしは、なにもしていません」

「う、嘘を……言え！」

余裕の笑みが剝がれた顔は、憎悪と苦痛で醜く歪んでいた。けれどどんなに睨まれようと、思羽にはどうしようもない。なぜなら、

「原因はあなたです、鳳慈母様。あなたはご自分の毒に冒されたのですよ」

「なっ……──」

人との接触が心の距離を近づける──つまり香りを強く感じるということは、庭園で倒れたときの一件でわかっていた。思羽が感じた香りが相手にも伝わると気づいたのは、銀耀と肌を重ねた晩のことだ。

あの晩、銀耀は思羽との接触によって、花の香りを感じていた。互いの熱を通じて、香気を〈共有〉していたのである。

「うっ……ぐ、うぇっ……」

鳳慈母は息も絶え絶えに床を這いつくばり、ううっと呻いて激しく嘔吐する。そのまま倒れ伏して意識を失うと、銀耀の指示で運び出されていった。

「…………」

しばらく沈黙が続いた。官僚らも証人たちも、誰もなにも言わない。

すでに吐物は片付けられており、不快な臭いも消え去っている。けれど自分自身の毒に中って苦しむ鳳慈母の残像は、なかなか追い払えないのかもしれなかった。

「本人はいないが、裁決を下すとしよう」

銀耀が発した言葉でようやく、一同は落ち着きを取り戻した。

「だがまずは皆に詫びたい。義母の本心を見抜くことができず、大王大妃の位を授けたのは、私の不明であった。――すまなかった」

「恐れながら、王様。見抜けなかったのは、我らも同じです」

最前列で立ち会っていた領議政が言うのに続き、「誠に申し訳ございませんでした」と臣下たちも一斉に頭を下げる。

「では、義母を重刑に処すことに異論はないな」

「もちろんでございます」

銀耀は義禁府長官とも意思確認を行い、厳然たる声で裁決を言い渡した。

「鳳優媛は生涯流刑とする。なお、本日を以て廃位とし、以後奴婢と同様にその身を取り扱う。異議のある者は、この場で申し述べよ」

「異議ございません」

官僚たちの唱和する声が裁きの間に響き渡った。

地位も身分も失った優媛には、流刑先で厳しい罰が科されるだろう。

瑃との接触を一生涯禁じ、絶縁の手続きを取ると銀耀が発表しても、ひとりとして反論する者は現れなかった。

八章

思羽が銀耀から庭園の散策に誘われたのは、一連の事後処理が落ち着いた、とある夏の日のことだった。

昼下がりの太陽が眩しくきらめく空の下。軽い通り雨があったおかげだろうか、暑さはほとんど感じなかった。

「こうしておまえとゆっくり話すのも、久しぶりだな」

「はい。……王様、少しお痩せになりましたか？」

通常の政務と事後処理に追われ、多忙を極めていた銀耀である。芳春殿に足を運ぶどころか、寝殿で休む間もなかったはずだ。

しかし銀耀は「痩せたと言ってもおまえほどではない」と笑って流す。

「とはいえ、英気を養えなかったのは事実だ。思羽、おまえが恋しくて仕方なかった」

「銀耀様……」

見つめあっているだけで、胸に熱いものがこみ上げる。夏の日射しがよりいっそう、銀耀をきらきらと輝かせているように見えた。

「今日は大事な話がある。おまえと私の今後についてだ」

「……はい」

弾む気持ちを抑えて、思羽は静かにうなずいた。

「私はこれまで会議やらなにやらでさんざん、おまえを香嬪に迎えると話をしてきた。しかし、あるとき気づいたのだ。おまえに肝心なことを言っていないと」

「肝心なこと……？」

とっさに思いつくことはなにもなかった。おそらく王宮のしきたりや心構えの類なのだろうが、知識不足ゆえに皆目見当がつかない。

「不勉強で申し訳ないのですが、なんのことでしょうか？」

思羽が尋ねると、銀耀は肩透かしを食ったような顔になった。

「本当にわからないのか？」

「は、はい。申し訳ありません」

「謝ることはない。が……こういうことに鼻が利かないのは、相変わらずだな」

銀耀は苦笑混じりに言い、思羽の鼻を指先で軽くつつく。その仕草に深い愛情を感じるのは、自惚れではないはずだった。

「私が伝えそびれていたのは、求婚の言葉だ」

「あ……」

自分の鈍感ぶりに呆れて、頬がかっと熱くなる。それを見た銀耀は目を細め、思羽をそっと胸に抱き寄せた。

「私と結婚してくれ、思羽。私の人生は、おまえなくして成り立たない」

「っ、銀耀様……」

「私はおまえを決して、ひとりにせぬと誓おう」

銀耀は思羽と出会って、すべてが変わったと言った。けれど、それは思羽も同じだ。

生涯ひとりだと思っていた。そうありたい、そうでなければならない、と思い定めていた。

でもいまは違う。好きな人と一緒にいたいと、人生に夢を見ている。思羽がひとりで歩いていた寒くて暗い道を、明るく照らしてくれたのは銀耀との恋だ。

だから……。

――母上。どうかお許しください……。

「…………」

思羽は目を閉じて母を思った。約束は守れなくとも、忘れることは絶対にないだろう。

いざ、返事をしようとして顔を上げると、「待て」と指を当てて唇を封じられた。

「一生に一度の機会だ。返事は眺めのいい場所で聞きたい」

「……？　は、はい……」

なら求婚もそこのほうがよかったのでは……と思いながらも、ひとまず黙ってついてゆく。

連れて行かれた先は、庭園の一角にある東屋だった。いい風が入ってくるので、瑃との散歩中は涼むのによく使う。

いまは向日葵に囲まれており、確かに景色はよいのだが、今日は先客がいるようだった。

「……？」

貴族らしい装いの女性だが伴をつけず、ひとりで向日葵を眺めている。王室の親類縁者か、高官の奥方様か――と考えていると、不意に女性が振り向いた。

「…………」

細面の女性は思羽を見つめている。ひと目で王とわかる装いの銀耀が隣にいるというのに、そちらには目もくれず思羽だけをじっと凝視していた。

「ええと……」

ごきげんよう、と戸惑いながらも挨拶をしようとして――ふと。季節外れの花の香りが漂うのに気がついた。

東屋に一陣の涼風が舞い込む。刹那、華やかで懐かしい桜の香気が立った。

「……はは……うえ？」

考えるよりも先に、そう口にしていた。

「まさか」とか、「ありえない」とか、そんな言葉さえ全部、頭から飛んでいる。なにも話せないし、身動きもできない。

「思羽……」

名前を呼ばれ、ゆるりと全身から力が抜けていった。桜の香りに誘われ、遠い日の思い出が胸に押し寄せてくる。

記憶の奥深くに残る面差しが――優しい笑顔が、目の前のそれにぴったりと重なった。

「……母上……母上!!」

「思羽！」

たまらずに駆け寄った思羽を、母は力強く受け止めてくれた。抱き締めた母の身体は記憶のそれよりも背が低く、けれど温もりは昔となにも変わらない。

母が生きていた。生きて、元気な姿で会いにきてくれた。思羽にとっては夢か、奇跡以外の何物でもない。

「母上、どうしてここに……？」

「王様が捜してくださったのですよ」

思羽から母子が離ればなれになった経緯を聞いた銀耀は、楚夫妻の行った人身売買についても調べてくれていたらしい。夫妻に口を割らせて得た手がかりをもとに捜索の手を回し、母の居場所を見つけ出してくれたのだという。

「……大きくなりましたね、思羽」

頭を撫でられると、子供に返ったような懐かしさでじわりと涙が滲んでしまう。

「銀耀様……本当に、本当にありがとうございます……！」

この感謝の思いを伝えるには、どんなに言葉を尽くしても足りない気がした。それでもお礼を言わずにいられない。

なのに銀耀は、つい、とすげなく視線を逸らした。

「おまえのためではない。私のためだ」

「え……？」

首をかしげる思羽に構わず、銀耀が母に向き直る。

「御母堂。私は思羽との結婚を考えております」

「ぎ、銀耀様、なにを……？」

唐突に大事な話を切り出した銀耀に、思羽は驚きを隠せなかった。しかし思羽の母は二人の仲を事前に聞いていたらしく、落ち着いた顔で銀耀の言葉を待っている。

「どうかお許しをいただけませんか？　実は、思羽はあなたの教えを律儀に守っているので、このままでは求婚しても断られる可能性があるのです」

銀耀に言われ、思羽はあわてて口を挟んだ。

「そんな。断るなんてありえません」

「ほう。では一片の罪悪感もなく、求婚を受けると言えるか？」

「っ、それは……」

できますとは即答できなかった。ついさっき、心の中で母に謝ってしまったばかりだ。

「……王様がおっしゃっているのは、『人に頼らずとも生きられるように』という私の教えのことですね」

言いながら、母の表情は翳った。

「思羽と離ればなれになったあと、ずっと後悔していました。私は我が子になんと残酷なことを言ったのだろうと」

「母上……」

「ごめんなさい、思羽。あなたを苦しめて、本当にごめんなさい……」

うつむいて顔を覆うその肩に手を置き、思羽は「母上」と力強く呼びかけた。

「母上、どうか謝らないでください。わたしが今日まで無事生きてこられたのは、母上の教えがあったからこそです」

思羽は養父母の支配下に置かれ、自立することはできなかった。だが、心だけはずっと自分のものだったという自負がある。

他人におもねることなく、自分の信念を貫いてきた。十年前の鑑定ではそれが原因で虐げられることになったけれど、後悔はしていない。おかげで銀耀の心根を——忍冬の美しい香りを感じ取ることができたのだから。

「感謝しています、とても。とても……寂しかったけれど……」

話しているうちにまた、こみ上げるもので喉が詰まる。母に成長した姿を見てほしいのに、昔より緩い涙腺が恥ずかしかった。

でも、母も目が潤んでいるからお互いさまだろう。呼吸を整えて濡れた頬を拭うと、思羽は口角を上げて笑顔を作った。

「いまのわたしは、ひとりではありません。たくさんの方がそばにいてくださいます」

可愛い椿や頼りになる真奇、親切な王宮の人々の顔が、次々と浮かんでくる。楚家での閉塞的な暮らしがもう思い出せないほど、彼らの笑顔で毎日が明るく彩られていた。

もちろんなにより大きいのは、銀耀の存在だ。

「わたしは銀耀様と出会ってはじめて、自分の力を受け入れることができました。誰かのために力を役立てたいと、心から思えるようになったのです」

「そう……ひとりでいるよりずっと、あなたは強くなれたのですね」

母が思羽を見て眩しそうに目を細める。そんな母の反応を見て、そうか、これも強くなるということなのかと、あらためて腹落ちした。

人と違う自分を認めること――それもまた、生きてゆくために必要な強さなのだ。

「母上。銀耀様とともに生きることを、お許しくださいますか？」

「許さないはずがありません。思羽……本当に、本当によかった……」

母は思羽を力一杯抱き締めてから、銀耀に深く頭を下げた。

「恐れながら、王様。息子のことをどうぞ、よろしくお願いいたします」

「かしこまりました。私は思羽を生涯唯一の伴侶とし、大切にすると誓います」

「唯一……」

そのひと言が気にかかってつい、口に出して尋ねてしまう。

「でも、銀耀様……いずれは王妃様やご側室をお迎えになるのでは……？」

「いや？　そのつもりはないが。なぜそんなことを訊く？」

不審がる銀耀に思羽は、鳳慈母から聞かされた「条件」の話をした。すると銀耀の顔がみるみるうちに険しくなり、目が剣呑な光を帯びる。

「あの女め……」

思羽の母を前に毒づくのはよくない、という意識はあったのだろう。かなり小声ではあったが、思羽の耳にははっきりと聞き取れた。

「不安にさせてすまなかった。だがそれについては、すでに話をつけてある」

「いったいどうやって説得したのですか？」

「まず、おまえの力の扱いに関して、いくつか取り決めをしたのだ」

　思羽の鼻が利かなくなる恐れについては、やはり議論は避けられなかったらしい。

　そこで「政に異能を用いるのは必要最低限にする」ことと、「鑑定を政に取り入れるための仕組みを整える」ことで、官僚たちの合意を得たという。

　前者については「もともとそのつもりだった」と銀耀は言った。頼ろうと思えばきりがなくなってしまうし、そもそも思羽を道具扱いしたくないのだと。

　後者の「仕組み」というのは、思羽の鑑定結果を最大限尊重しながらも、官僚が異議を唱えたり、再鑑定を促したりできるようにするというものだった。

「鑑定結果を端から疑うかのような仕組みに思えるかもしれないが、そういうわけではない。これには『鑑定を依頼する者も責任を持て』という、戒めの意味があるのだ」

「はい。わたしにとってはどちらもありがたいお話です」

　司諫院を説得するための方策であると同時に、思羽ひとりに負担をかけないように……と、銀耀が心を砕いてくれたのが伝わってくる内容だった。――だが王妃と側室を迎えるようにという提言には、もうひとつ重要な意図があったはずである。

「では……お世継ぎのことは、どう説得なさったのですか？」

思羽の問いに、銀耀は真剣な表情で答えた。

「思羽。これから話すのは覚悟が必要な計画だ。大きな困難があるだろうが、私とともに乗り越えてほしい」

私たちの愛を貫くために――と言われ、思羽は迷うことなくうなずいた。

「私は瑃を後継者候補として考えている。何年後になるかはわからないが、必要であれば時機を見て復位させるつもりだ」

「瑃様を……」

覚悟が必要だと言われるのも当然だった。瑃は大罪を犯した鳳優媛の孫であり、王座を追われた暴君の息子だ。復位させるだけでも、相当な反発があることは間違いない。

「聖君の子供が皆、聖君になるわけではない。逆も然りだな。王室にとって血筋は重要だが、ならば瑃の可能性を潰すべきではないと私は思う。資質があるのならば責任を与え、道を拓くべきだと」

「銀耀様がそうだったように……ですね」

ああ、わかってくれるか、と銀耀の眦が緩んだ。

「ついては瑃を、私とおまえの養子として迎えたい。……賛成してくれるか？」

大好きな瑃が息子になる。銀耀と三人で、家族になれる。こんなにも幸せなことはないと、胸が喜びで打ち震えた。

反対する理由などひとつもない。いますぐ瑃のもとに駆けていきたいほど、嬉しくてたまらなかった。

「はい……もちろんです！」

「険しい道を歩むことは、結果的に私たちをも守るだろう。瑃を健やかに育てるためにはまず、親である私たちが真っ当であらねばならない。『天香嬪伝』を再現するような愚行は、絶対にできないということだ」

楽しいばかりの結婚ではない。苦難が待ち受ける道を行く覚悟がいる。それでも、銀耀と瑃がいれば大丈夫だと確信できた。ひとりから二人になることで強くなれたのだから、三人ならもっともっとたくましく生きてゆけるはずだ。

「三人で、信頼を積み重ねていきましょう。わたしたちならきっとできます」

「思羽……ああ、そうだな。絶対にできる」

どちらからともなく手を取りあい、必ずやり遂げようという誓いを立てた。

銀耀と瑃がいてくれたら、恐れることはなにもない。苦労や波乱に満ちているであろう道は、愛と喜びにも溢れていると信じられた。


あわただしく日々が過ぎ、秋の足音が近づいてきたころ。俶が復位を果たし、王宮は歓喜に沸いた。銀耀の悲願がようやく達成されたのだと思うと、自分のことのように嬉しい。

俶は薬種商としての知識と経験を活かして、医療行政に携わることになった。「市井で得た知見を糧とし、民の健康のために尽力したい」と、さっそく抱負を語っている。

冰貴人の名誉が回復されたことに伴い、鳳優媛が大王大妃位を廃された経緯についても白日の下に晒されることになった。

　このことでまだ幼い琫には、民から同情が寄せられている。現状は血筋を理由に責める向きがないことに、思羽はほっと胸を撫で下ろしていた。

　銀耀と思羽の婚約が公にされたのは、こうした諸々の発表が終わったあとである。

　さすがにこればかりは民から反発の声があがるだろうと覚悟していたのだが、大方の予想に反し、好意的に迎えられるという驚くべき結果になった。

「俶様のお知恵、恐るべし……だな」

　そう唸ったのは真奇である。「二人の馴れ初めをできる限り詳しく伝えてごらん」という俶の助言に従い、十年前の鑑定のことから公表したのだが、これが覿面に効いたらしい。思羽が銀耀の即位を予言したという神秘性と、銀耀が雌伏の時を経て即位したという苦労話が、民に「受けた」のだ。

　思羽が楚家で虐げられていた過去さえ、民の理解を助けるのを後押ししたというのだから、本当になにが役に立つかわからない。

「民にはこういう話が好まれると、俶様はご存じだったそうだ。よかったな、思羽」

　なお、思羽の養父は薬種密売と人身売買の罪が確定し、免官となった。思羽は楚家から籍を抜いて、母の姓を受け継いでいる。名実ともに親子に戻れたのも、銀耀のおかげだ。

二人の婚礼の儀は、秋晴れに恵まれた吉日に執り行われた。

この日正殿の前庭で見た景色を、思羽は一生忘れないだろう。青天の下に整然と並んだ文武百官の姿は壮観であると同時に、王室の一員となる責任感を思羽にひしひしと感じさせた。王に仕える官僚たちの、そのまた向こうにさらに多くの民がいる。彼らの存在を忘れることなく、香嬪としての務めを果たそうと心に誓った。

厳粛な儀式のあとは一転して賑やかな宴が開かれ、すべての予定を終えて芳春殿に戻るころには、とっぷりと夜が更けていた。

湯殿で心地よい疲労を洗い流してから向かった寝所は、真紅の婚礼布団や酒盆などが置かれ、すっかり初夜の設えになっている。

――すごい。布団が変わるだけでこんなに雰囲気が変わるなんて……。

待ち焦がれた一夜ではあった。けれどこれを準備してくれた人たちがいると思うと、やはり恥ずかしさは拭えない。

「――婚礼布団を眺めて赤くなるとは。想像力豊かで結構なことだ」

銀耀が寝所に入ってくるなり、可笑しそうに言う。「どちらであっても可愛いが」と付け加え、正座して待っていた思羽を背中から抱きすくめた。

「思羽……私はもう限界だ。あまりに長く待ちすぎた」

重臣会議で結婚が承認されてから今日まで、思羽と銀耀が寝所をともにすることはなかった。単純に忙しかったというのもあるが、「周囲の信頼を損なわないように、婚礼の儀までは節度を保っていよう」と二人で決めたのである。

「馬鹿なことを決めたと、私は一日で後悔した。おまえはどうだった?」

「そ、それは……わたしも同じ、です」

馬鹿とまでは思わなかったが——実際この決断は宮中でも感心された——早まったかもしれないと思ったのは事実だ。

「私が恋しかったか、思羽」

「はい。とても」

「眠れぬ夜はどう過ごしていた?」

「どう、とは……」

「我慢したのか、自分で慰めたのか。どちらだ」

「っ……!」

羞恥で言葉に詰まると、シュッ、と絹鳴りが響いた。帯を解かれた思羽の寝衣が、はらりと着崩れる。

「が……我慢しました」

「本当か? 別に照れる必要はないぞ」

「本当です! 自分でなんて、そんな……やり方もわかりませんし……」

そういえばそうだったな、としれっと呟いた銀耀が、寝衣の合わせをはだけさせるように手を入れてくる。手のひらは胸元を素通りし、そのまま下腹部まで滑り降りた。

「……っ！」

「なるほど。禁欲は嘘ではなかったか」

下穿き越しであっても、欲望の膨らみは明らかだった。撫でさすられ、優しく包み込むように握られると、羞恥心で顔が熱くなる。もうこんなに反応しているなんて、欲求不満だったと告白しているも同然だった。

「今夜は思う存分乱れるといい。それなら私も我慢した甲斐があるというものだ」

背後から耳朶を甘く噛まれ、ふしだらな期待に胸が高鳴る。求められるまま口づけを交わし、仰向けに倒されて手際よく衣を剥かれた。思羽も銀耀の帯紐を引っ張り、脱いでほしいと意思表示をすると、潔く一糸纏わぬ姿になる。

銀耀は着痩せする傾向があるのか、長い手足と洗練された所作も相まって、普段はすらりとした印象が強い。けれど直に裸体を見て、そのたくましさに驚いた。胸にはしっかりと厚みがあり、引き締まった腹筋はきれいに割れている。

思羽自身が貧弱な体格だということもあり、鍛え上げられた肉体美に男として憧れを抱くと同時に、理屈抜きでどきどきした。

湯浴みで温まった肌で抱きあうと、もうそれだけで気持ちがいい。啄むだけの戯れみたいな接吻を繰り返し、二人でじゃれあいながら婚礼布団に潜る。

「思羽……」

「ん、ぅ……」

布団の下の暗がりで密着した途端、口づけの色合いが変わった。唇を舐めて開かせた口内で、銀耀の舌が蠢き思羽を翻弄する。絡ませ吸われ、ねとねとと責められたかと思うと、噛みつくように激しく貪られてずきっと欲芯が疼いた。

重なりあったこの体勢では、反応すればすぐにばれてしまう。だがそれは銀耀も同じことで、ぐっと腰を押しつけられると、萌した雄と雄がこすれあった。

「あっ、あぁ……」

いつかの夜の快感を思い出し、先端がとろりと露を結ぶ。覆い被さったまま腰を動かされると、微熱のように淡い性感が生じた。

「……っ——」

こうして肌を重ねるのは二回目で、まだまだ感じることが恥ずかしい。気まずさで脚をもぞつかせると、銀耀はすっと身体を引いた。

そのまま下腹部のあたりまで下がり、あろうことか股間にふっと顔を埋める。

「——……っ！」

欲求を漲らせた思羽の先端に、銀耀は躊躇なく口づけていた。反射的に逃げてしまった腰を押さえつけられ、熱い粘膜でねっとりと包むように咥えられる。

「あっ、ああ……うう……」

腰から下がぐずぐずと溶け出していくようだった。力の抜けた内腿を開いて膝を立てられ、恥部を突き出す格好をとらされても、いやらしく動く舌に屈服させられてしまう。鈴口をチロチロとつつかれるのも、硬く尖らせて裏側の筋を舐め上げられるのも、全部気持ちがいい。

快感は頭をぼやかし、恥じらいを奪った。唾液をたっぷり滴らせて吸われると、銀耀の顔に押しつけるようにして腰が振れる。

「あ……んんっ、あぁ……っ」

じゅじゅっと鳴る水音に聴覚まで攻められ、敷布を握り締めて半泣きで感じた。括れに唇を引っかけて、仕上げとばかりに速く短く上下されると、覚えたばかりの感覚が腰に突き上げる。

「んん、あ、ぁ……あっ！」

溜めに溜めた欲望が白蜜となり、ぷしゅっと勢いよく噴き出した。放出している最中も唇は離れることなく、一滴も零さずに啜り尽くされる。

「――っ……、あ、あぁ……」

達したあともしばらく痙攣が治まらなかった。ごくんと動いた喉仏と、口元を拭って舐める指と舌のなまめかしさに、ようやく我に返る。

「の……っ、飲んだのですかっ……どうして……！」

「愛おしいから。それだけだ」

言って、よがりすぎて泣いた思羽の目元を指先で拭った。

「おまえのすべてを欲している。……今夜は必ず、手に入れる」

艶声で囁いた唇が、柔らかに重なった。銀耀の舌に残った青くぬるい匂いが、思羽の唾液と混ざって熱くとろける。

「んう……っ、んん……」

もっと近くでひとつになりたくて、首に手を回して銀耀を引き寄せ、自ら舌を差し出した。舌裏をなぞりあっていると、肉欲の滴る淫靡な音がする。

身体は一向に冷める気配を見せず、脚の間がずくんと疼いた。撫で上げられた雄が奮い立ち、腰がまるで誘うように焦れる。理性はとうに麻痺して、はしたないと反省する気にもならない。

銀耀は掛け布団を払いのけ、枕元に手を伸ばした。初夜の寝所には酒盆のほかに、見たことのない膏薬入れが置かれている。蓋を開けると中身は白い軟膏だった。

たっぷりと掬い取られた軟膏が手のひらで温められ、とろりと伸びるさまを眺めていると、ふたたび思羽の脚が大きく開かれる。

「……――っ！」

軟膏をのせた指先が、双丘の窄まりに触れた。固く閉じた蕾でしかないそこを、銀耀の長い指がそっと押し撫でる。秘所を触られているという衝撃で我に返るも、がっちりと下肢を押さえられていて逃げ場がない。

「あ……っ、うぅ……」

爪先を丸めてこそばゆさに耐えても、破廉恥な行為をしているという自覚が、じりじりと肌を炙って体温を上げた。溶けた軟膏でぬるつく指で、じっくりと蕾の縁を押し揉まれる。

「ふぅ……ん、んっ……あっ」

陰嚢へ続く細い道をたどられると、じわ、と響くような感覚に声が揺れた。指圧されるたびになぜか、前がぴくぴくと反応してしまう。察した銀燿に軽く扱かれると身体は快感でしなり、その隙をついて緩んだ後孔に指が差し入れられた。

看過できない異物感に、くっと身体が強張る。それでも押し返そうとしたのは一瞬のことで、とろけた軟膏のぬめりを借りた指は隘路への侵入を果たした。

「ん……っ、ふぅ……」

蕾を開かせようと動く指は、淫らな熱を生み出して内壁に馴染む。浅い抜き差しを繰り返すうちに異物感は薄れ、身体から心棒がなくなったように力が抜けていった。

銀燿が指を二本、三本と増やしてゆく。探るように動かされては拡げられ――その刺激は前触れもなく訪れた。

「あ、……あ、ああっ！」

一気に覚醒を促すような、強烈な官能だった。指先がそこをわずかに掠っただけでも、屹立に淫熱が流れ込むのがわかる。

「や、待っ……だめ……っあ……あぁ、あっ」

首を振っても懇願してもやめてもらえず、「見つけた」と言わんばかりに、その一点だけをぐりぐりとこすり立てられた。自分のものとは思えない、甘ったるい嬌声が止まらない。耳を塞ぎたくとも、そんな余裕はとてもなかった。

「ん、ぁあ、あっ、ん」

ぎゅんっと硬くなった雄は、随喜の涙を零して揺れている。自分の身体になにが起きているのかわからない、なのにおかしくなりそうなほど気持ちよかった。ぷちゅ、と濡れた音を立てながら行き来する指に、内側からとろんとふやかされてゆく。

「あっ、ん、あぁ……——あ」

唐突に指を引き抜かれ、そのせつなさに身悶えた。打ち切られた快感を惜しんで、無意識に後蕾をひくつかせてしまう。

「可哀相に、物足りなさそうにしている」

「っ……う」

っ、と指先でからかうようにつつかれて声も出ない。蕾は指を恋しがり、意思とは関係なく勝手に収縮してしまう。

「きちんと満足させてやるから心配ない。指なんかよりずっとよくなる」

双丘のあわいに、硬く湿ったものが当たった。ほどけた蕾に押し当てられたそれが、銀耀の劣情だと知ってごくりと喉が鳴る。

——指じゃなくて……今度はこれで？

銀耀の昂りは相変わらず雄々しい。ただでさえ長大で立派な笠を持つそれは、婚礼の儀までお預けを食らっていた分だけ、淫欲を滾らせているように見えた。

指だけでもあんなに啼かされたというのに、これでこすられたらどうなってしまうのだろう。受け入れる恐怖心と同じくらい、ふしだらな期待に胸が躍る。

様子を窺うように先端でつつかれ、そのままつぷりと剛直が突き立てられる。

「──っ……んっ……」

穿たれたものの熱さに、身も心もぞくんと震えた。圧迫感からつい息を殺してしまうと、銀耀が腰を止め、思羽のこめかみに浮いた汗を指で拭ってくれる。

静かで落ち着いたその仕草とは裏腹に、瞳は隠しようのない淫情で潤んでいた。

「呼吸をしろ。吸って、吐いて……ああ、そうだ……」

すう、はあと深呼吸を繰り返すのに合わせ、熱塊が動く。ああ、いまつながっているのだと思うと、えも言われぬ喜びがひたひたと胸を満たした。

身じろぎすると溶けた軟膏がぬめり、くちゅりと音を立てる。とろかされていた隘路が雄にまとわりつき、奥へと誘い込もうとしていた。

「ふぅ……あぁ……」

挿し貫かれる感覚に、目を閉じて身を任せる。銀耀と思羽を隔てる空白が少しずつ埋まるにつれて、寂しさまでもが消えてゆきそうな気がした。ひとつになっているという実感を味わいたくて抱擁を求めると、大好きな甘い花の香りに全身が包まれる。

熟れた内壁が馴染むのを待っていると、銀耀が思羽の様子を窺いながら腰を動かした。ひと突きされるごとに圧迫感は和らぎ、腰の送りもだんだん遠慮がなくなってくる。

「あ、あ……あっ」

「──ッ、思羽……」

銀耀が悩ましげな吐息を洩らし、肉笠をぐっとこすりつけてきた。途端、ああっ、と大きく声が跳ねる。指でさんざん責め立てた一点を、今度は銀耀自身でごりごりと抉ってくるのだ。

「あっ、ああ……んっ、んあ」

身体がびくびくと波打つたびに、あられもない声が洩れて止まらない。甘やかな花の芳香は濃厚さと妖艶さを増し、銀耀の興奮を伝えていた。

ぎりぎりまで腰を引いてから、ぐっと深く突き立てられる。己の怒張の大きさを知らしめるような抽挿は、いかがわしいのにものすごく気持ちがいい。

「っ、あ……ぎ、んようさま……あっ、や……！」

銀耀は腰を振り立てながら、思羽の胸の突起を弄び始めた。不意打ちの刺激に、きゅうっと後ろを締めつけてしまう。だめ、だめ、という言葉とは裏腹に思羽の欲望は震えて涙を零し、淫らにとろけた襞は銀耀の雄に絡みついて快楽を貪る。

「や、あっ、うう……あぁ……っ！」

胸と後ろを責め立てられ、極まった官能が一気に弾ける。瞬間、芳烈な香気が広がった。愛と情欲を露わにした馨香に酔い、頭の芯までくらくらしてしまう。

「思羽、大丈夫か？」

「……、はい……、んん……」

ぼうっとしながらも返事をすると、おもむろに唇を塞がれた。達した直後だからなのか舌も唾液もいつもより熱く、じんわりと全身に沁みわたる心地がする。

「……？」

ふっと口づけをほどいた銀耀が、なにかに気づいて鼻を鳴らした。

「気のせいか？　いや、でも……」

「どうかなさいましたか？」

「香を焚いていないのに、よい香りがする」

以前の夜と同じことが起きていた。思羽が感じた香りが、銀耀にも共有されている。

「いえ……気のせいではありません。これは銀耀様の香りです」

「私の？　……ああ、そういえば……」

裁きの間での一件を思い出したようで、銀耀は「なるほど」とうなずいた。

「本当に隠し事ができないな。しかし――これは大した媚薬だ。むせ返るような花の香りで、酔いそうになる……」

銀耀が幽艶な笑みを浮かべると、結い髪がはらりとほつれた。匂い立つような男の色気は、愛欲の香りとなって寝所に充満する。思わせぶりに腰を動かされ、思羽の中に入ったままの雄がごりっとこすれた。

「あっ……待っ……」

「どうした。おまえは私の欲情もお見通しなのだろう？」

銀耀はずるりと抜けていったかと思うと、思羽の身体を裏返してうつぶせに寝かせた。

双丘を押し開かれ、再度欲望に貫かれる。ぬかるんだ隘路は拒むことなくそれを受け入れ、猛りきったものを啜るように収縮した。

「んん、あっ……あぁ、あ」

銀耀は思羽の背中に覆い被さり、弱点を的確に突いてくる。互いの身体が重なっている状態ではわずかな身じろぎも許されず、与えられる愉悦にただ啼くことしかできない。かと思えば円を描くようにねっとりと腰を動かされ、どろどろになるほどかき混ぜられた。

恥じらいも理性も捨ててひとつに交わると、そこには互いを想う心だけが結晶のように残る。

「思羽……っ、愛している……おまえとずっと、こうしていたい……」

耳元で囁く濡れた声に煽られ、みたび思羽も昂りを覚える。折り重なったまま腰を使われると屹立が敷布にこすれ、それもまた泣くほど気持ちがいい。

「銀耀様……あ、あっ……」

「ふっ……う……」

腰の奥でふつふつと沸き立つものを感じた。ぐちゅっ、ぐちゅっと卑猥な水音を立てて抜き差しされるたびに、熱く煮えたぎったものが突き上げてくる。

「あぁ、も……う、い……くっ……」

「ッ、く……、思羽……っ」

「あ、ああ……っ、んんっ……！」

声に余裕のなくなった銀耀に追い立てられ、ひと息に爆ぜた。ふわっと浮遊する感覚に頭の中がぼんやりと白み、じっとりと汗が浮いてくる。

銀耀が思羽の中で脈動し、精を吐くのがわかった。ひたひたと満ちてくる熱も、汗ばむ背中に降りてくる口づけも、全部が愛おしくてたまらない。

　銀耀は己を引き抜くと、思羽をぎゅっと抱き締めた。

「……やはり、手加減できなかった。許せよ」

「加減など無用です、銀耀様……。わたしもそのつもりはありませんから」

「思羽……」

　人生を懸けて愛そうと決めた相手だ。心も身体もすべてほしいし、思羽のすべてを渡したい。

「銀耀様を想うあまりに、強欲になってしまいました。……お叱りになりますか？」

「まさか。私も同じ気持ちだ」

　美しい瞳が細められ、吸い寄せられるように唇が重なった。啄むように触れあうたび、愛が乱れ咲いて甘やかな香りが舞う。

　それは花園のような未来を約束する口づけだった。

あとがき

こんにちは、またははじめまして、市川紗弓です。このたびは『寵愛の花は後宮で甘く香る』をお手にとってくださいまして、誠にありがとうございました。

今作は「恋をすると力を失ってしまうキャラ（受け）がいたら？」という妄想からスタートし、「自律的で献身的。意外と頑固（プロットのメモより）」な思羽が生まれました。

蓋を開けたら「意外と」どころではなく、頭が固かったですね。でも、一周回ってなんだか大胆な言動になっている場面もあります。書きながら「もうそれ好きって言ってるよ……」と何度突っ込んだことでしょう。

相手は器の大きい男じゃないとダメだ！　と考えた結果、銀耀は自己肯定感高めのロイヤルスパダリになりました。こちらもプロットを見返してみると、「気高き自信家（だがやきもちはやく）」と書いてあります。……恋愛に関する器は、大きくないですね。何事も例外はある、ということでご容赦ください。思羽への愛ゆえですので……！

お話の背景として、愛憎や陰謀が渦巻く後宮も書くことができたのも、楽しかったです。嗅覚を使う能力を設定したのは、担当様のご助言がきっかけでした。「匂い・香り」というキーワードのおかげで、自分でも予想しなかった方向へと想像を広げられたように思います。執筆中もいろいろと相談に乗っていただき、どうもありがとうございました。

イラストを担当してくださったのは、みずかねりょう先生です。決定の報をいただいたのがつい最近でして、まだ半分夢の中にいるような心地がしております。

みずかねりょう先生、このたびはお忙しい中お引き受けくださいまして、どうもありがとうございました。イラストを拝見できる日を、いまから心待ちにしております。

最後になりましたが、ここまで読んでくださった皆様に、あらためて感謝申し上げます。

思うように筆が進められなかったタイミングで、読者の方にいただいたお手紙に本当に励まされ、最後までたどり着くことができました。

ひとりでは書けなかった作品です。もちろんいつもそうなのですが、今回は初心よりもっと前に戻って大切なことを教えていただいたような、そんな経験をしました。

作品で恩返しできますように、と願ってやみません。

皆様にひとときでも楽しんでいただけたら幸いです。それでは、また。

二〇二三年　師走　　市川紗弓

寵愛の花は後宮で甘く香る

市川紗弓

角川ルビー文庫　23616

2024年3月1日　初版発行

発行者――山下直久
発　行――株式会社KADOKAWA
〒102-8177　東京都千代田区富士見2-13-3
電話 0570-002-301（ナビダイヤル）
印刷所――株式会社暁印刷
製本所――本間製本株式会社
装幀者――鈴木洋介

ISBN978-4-04-113551-8　C0193　定価はカバーに表示してあります。

KADOKAWA RUBY BUNKO

角川ルビー文庫

いつも「ルビー文庫」を
ご愛読いただきありがとうございます。
今回の作品はいかがでしたか？
ぜひ、ご感想をお寄せください。

〈ファンレターのあて先〉

〒102-8177 東京都千代田区富士見 2-13-3
株式会社KADOKAWA
ルビー文庫編集部気付
「市川紗弓先生」係

片羽の妖精の愛され婚
Novel
市川紗弓
イラスト／街子マドカ
愛妻家な英雄公爵×片羽の妖精花嫁。
愛を知らない花嫁は蜜愛に溺れる――。
きみを想うと
愛おしさで胸が痛い。
もっともっと
きみに触れたい。
妖精郷を囲む大森林を救った礼として公爵へ差し出された妖精のリゼル。片羽だから厄介払いされたのだと落胆するが、公爵は大切な伴侶として自分を溺愛してくれる。リゼルは笑顔とともに妖精の力を開花し始めるが…？
ルビー文庫

竜人皇帝の
溺愛花嫁
恋を知らない竜人皇帝×
希少種の孤独な青年
湘さまを救いたい。だから、
オレの命を捧げます——。
Novel
市川紗弓
イラスト/古澤エノ
身寄りのない病弱な子供の治療費の為、
蒼霖は希少な「鱗」を生み出せる
力を使って密売に関わり、
取り締まりに突入した警吏に助けられる。
彼は身分を隠した若き皇帝で、
蒼霖を匿うため後宮で働くよう
提案してきて…?

ルビー文庫

極道さんはパパで愛妻家
俺様極道×堅実な青年の子育ては、波乱万丈!?
「ついに俺達の子供ができたぞ!」付き合った覚えもない幼馴染の極道・賢吾からの爆弾発言。けれどそこにはやむを得ぬ事情があって、佐知は極道の妻として(!?)賢吾と子育て同居をすることに!
誰にも文句なんか言わせねえから、安心して嫁に来い。
佐倉 温
イラスト/桜城やや